# LA GRANDE NOYÉE

**LA GRANDE NOYÉE**
a été publié sous la direction de Fanie Demeule.

Image de couverture : Marie-Jeanne Bérard
Maquette de couverture : Francesco Gualdi
Mise en pages et adaptation numérique : Studio C1C4
Révision linguistique : Shana Paquette
Correction d'épreuves : Andréanne Beaulieu

© 2024 Marie-Jeanne Bérard et **Tête première**

ISBN papier : 978-2-925439-02-8 | ePDF : 978-2-925439-05-9 |
ePub : 978-2-925439-06-6

**Catalogage avant publication de Bibliothèque et Archives nationales du Québec et Bibliothèque et Archives Canada**
Titre : La grande noyée / Marie-Jeanne Bérard.
Noms : Bérard, Marie-Jeanne, 1978- auteur.
Identifiants : Canadiana 20240010515 | ISBN 9782925439028 (couverture souple)
Classification : LCC PS8603.E64 G73 2024 | CDD C843/.6—dc23

Dépôt légal — 3ᵉ trimestre 2024
Bibliothèque et Archives nationales du Québec
Bibliothèque et Archives Canada

L'auteure remercie le Conseil des arts du Canada de son soutien.

Nous remercions le Conseil des arts du Canada de l'aide accordée à notre programme de publication, et la SODEC pour son appui financier en vertu du Programme d'aide aux entreprises du livre et de l'édition spécialisée.

Nous reconnaissons l'aide financière du gouvernement du Canada par l'entremise du Fonds du livre du Canada (FLC).

Gouvernement du Québec — Programme de crédit d'impôt pour l'édition de livres — Gestion SODEC

Toute reproduction, même partielle, de cet ouvrage est interdite. Une copie ou reproduction par quelque procédé que ce soit, photographie, microfilm, bande magnétique, disque ou autre, constitue une contrefaçon passible des peines prévues par la loi du 11 mars 1957 sur la protection des droits d'auteur.

Tous droits réservés.
Imprimé au Canada.

# LA GRANDE NOYÉE
*roman*

Marie-Jeanne **Bérard**

TÊTE PREMIÈRE

Je connais le nom de ta mère. Laquelle d'entre elles, me demanderas-tu. Celle dont l'absence te trouble, celle qui manque au monde. Cette mère qui est un secret oppressant, dont tu ignores tout, dont la nature et le sens sont intolérables.

## Lettre sans but

Maintenant qu'un semblant de calme s'est déposé sur la mer, que la lande mime la paix, je suppose que ta torture commence. Tu t'écartèles, te dissous. La lente réalisation des choses s'opère dans ton cerveau noyé. Tu souhaites sûrement comprendre ce qui t'a mené là, Merwen, mais j'ignore comment te la raconter, ton histoire.

On ne retrouve pas ta dépouille. La marée l'a emportée, qu'on me dit. Mais je sais que c'est *elle* qui l'a avalée. Ton corps s'est glissé dans le sien, s'y est fondu. Horriblement *épousés*. Aucun rite funéraire n'est possible pour moi — qui ne sais pas prier, qui ne crois plus en rien —, mis à part le plus ancien de tous : celui de raconter.

Ma seule tâche à présent.

Résumer ta vie de sauvageon, d'avant que tu ne me quittes. Nommer tes obsessions, dire d'où le mal a germé. Et raconter ces trois derniers jours, surtout : les reconstituer de mon mieux, y jeter un peu de lumière. Coudre ensemble d'anciens souvenirs, raccommoder ce qui a longtemps paru sans lien, y insérer quelques révélations futiles ; te présenter ce tissu, non pas de mensonges, mais de profondes incertitudes.

Appeler cela ton histoire, essuyer mes larmes dedans. T'y ensevelir.

Je reste assise des heures au bord de la falaise. Mes pieds ballent dans le vide, le ciel est gris. La mer bouillonne de gris. Elle ne m'appelle pas. Je n'y sauterai pas te rejoindre. La mer me hait, je crois, et c'est réciproque.

Comme tu t'en doutes, ton histoire commence bien avant toi. Les nœuds en étaient déjà noués quand je n'étais moi-même qu'une enfant. Quatre ans, c'est l'âge que j'avais la première fois où je l'ai rencontrée. Elle, la femme de la mer, *môr-gen*.

•

Dans une version idéale de ma vie, je serais morte ce jour-là. Je l'affirme sans embarras : il aurait été préférable que je meure, sur la plage, sous ses yeux. À ses pieds, comme il se doit. Au moment où mes niaises certitudes me comblaient de joie. Quand la simplicité de mon esprit ne laissait aucune emprise à la confusion.

L'histoire aurait été si naturelle.

Éblouie par sa présence, j'aurais pu m'avancer dans la mer, en direction du rocher derrière lequel elle se tenait. Une vague plus costaude que les autres aurait pu s'abattre sur moi, me renverser et m'emporter. J'imagine le ressac remplir les poches de mon tablier, chausser à ma place mes sabots, tirer sur mes jupes, m'entraîner dans le ventre marin. On m'aurait retrouvée inerte, gavée d'eau, quelques jours plus tard, au retrait de la marée. Petit cadavre boursouflé, encore mignon, quoique bleu.

Mieux encore : ma loque n'aurait pas refait surface.

Dans une version parfaite de ma vie, je serais morte, puis aurais disparu. Effacée de ce monde pour de bon. J'aurais quitté cette vie, indemne, satisfaite de mes quatre ans d'existence, pour la merveilleuse raison que je l'aurais rencontrée, elle, sans vivre le supplice de la connaître vraiment.

Tu ne serais pas venu au monde. Et ç'aurait été mieux ainsi.

•

Combien je désire oublier. Me taire, laisser l'insignifiance ravaler ma vie.

Pourtant, je ne parviens à rien d'autre qu'à me souvenir. Je ressasse mon vécu, désembrouille le tien. Je ne dispose que de débris de sens, Merwen : une ébauche d'histoire, moins fiable qu'un mythe, plus insidieuse qu'une illusion.

Il y a d'abord cette date inoubliable : le 6 juin 1886, lors du séjour d'été familial à Plonévez-Porzay. Je me trouvais sur la plage de Kervel, près de la pointe de Tréfuntec. Bien des questions déjà surgissent et j'avoue mon incapacité d'y répondre. Que faisais-je seule sur la plage, à cet âge si tendre ? Où étaient mon père et mamie Naïg ? Je l'ignore. Je n'arrive pas non plus à déterminer l'heure qu'il pouvait être. L'image qui me hante est d'un rose étale et crémeux. Cela ressemble à l'aube. Il faisait frais, le sable mouillé reflétait le ciel, la crête des vagues moutonnait. Je sais qu'il ne s'agit pas d'un souvenir authentique, que ce n'est, au fond, qu'une contrefaçon des véritables images que ma mémoire a depuis longtemps effacées. Et pourtant, je me le rejoue avec une sorte de religiosité ridicule.

La fascination, je l'ai gardée intacte durant toutes ces années.

Je me vois, immobile sur le sable imbibé d'eau, au bout de la plage, là où les escarpements rocheux avancent dans la mer. À ma droite se dressaient des falaises délavées par la brume. Devant moi, au-dessus d'un rocher, encerclé par les vagues : son visage. Ses doigts s'agrippaient à la pierre glissante. Sa chevelure mouillée enrobait ses épaules. Elle me souriait, dans une expression qui ne me semblait pas particulièrement bienveillante et qui pourtant m'envoûtait.

Nous ne bougions pas, ne disions rien.

Elle me reconnaissait, je la reconnaissais. De la reconnaissance qu'éprouveraient une mère et une fille en se rencontrant pour la première fois — excepté qu'elle me paraissait plus ancienne qu'une mère, plus fondamentale. Comme un principe, une source.

Sacrée.

Elle attendait quelque chose de moi. Voracement. Et j'étais prête à tout lui offrir.

Je ne crois pas que nous nous soyons parlé, pas dans le sens naturel du terme. Cependant, après cette rencontre, j'avais la tête remplie d'idées, la peau criblée de mots qui s'y étaient enfoncés en éclisses de verre. Un discours complet s'était inscrit en moi.

*Méfie-toi des hommes. Repousse-les. Ne les accueille pas dans le plus intime de ton cœur, le plus serein de ton corps. Qu'ils quémandent, qu'ils s'échinent, en périphérie, à leur petite place. Sois, Sylvette, pleinement, radicalement femme. Déborde de féminité. Respire l'air œstrogénique de la mer, ressens sous la plante de tes pieds la femellité de la terre, retrouve tes racines mères et la puissance matriarche. Sois, Sylvette Luzel, ma fille.*

Ce sont les mots que j'ai cru m'être adressés. Que j'ai accueillis, révérés, prônés dans ma naïveté et mon narcissisme.

Le credo que j'ai suivi ces soixante-six dernières années.

En vérité, il me semble improbable qu'elle ait seulement ouvert la bouche. Pourtant, des paroles, de puissantes paroles, voilà tout ce que j'ai retenu de notre rencontre.

Je ne sais pas de quelle manière l'événement s'est terminé. Je ne me souviens pas avoir quitté la plage, j'ignore si l'on est venu m'y chercher, mais je me suis bientôt retrouvée à la maison, dans ma chambre, extatique. Ma certitude d'avoir vu une sirène était inébranlable. Je me sentais choisie. Cette rencontre me conférait une vocation farouche, un destin tout tracé.

Voici donc la graine à partir de laquelle tu as pu naître, une vingtaine d'années plus tard. Comment le début et la fin de ta vie se sont inscrits dans ma chair, Merwen : quand j'ai accueilli en moi le sermon silencieux de la sirène. Quand je me suis remise entre les mains de cette autre vierge, noire, océanique, surgie de la nuit des temps. Au moment où je lui ai ouvert mon âme, je crois bien lui avoir aussi cédé la tienne.

•

Tout m'a glissé entre les doigts, même cette histoire.

À cet âge, je ne connaissais pas encore les vertus de la discrétion, alors je me suis empressée de raconter l'incident à chaque oreille le moindrement curieuse ou complaisante. Mais plus le récit se déversait par ma parole, plus il se défilait et se faussait. En l'espace d'une seule heure, mon expérience réelle s'est émoussée, a disparu, s'est bientôt fait remplacer par cette fable que j'allais chérir ma vie entière et répéterais souvent : l'histoire de la petite Luzel et de la *morganez*. Mon père n'y va vu qu'une fantaisie d'enfant. Mamie Naïg l'a écoutée avec une étoile dans l'œil et un sourire en coin.

Ah ! Merwen... Une histoire se forme, aussitôt se déforme. Pour les gens de Plonévez-Porzay et de Douarnenez, qui me l'ont souvent réclamée, j'ai allongé la mienne, l'ai enjolivée. Puisque c'était sous ce nom qu'ils désignaient la femme de la mer, j'ai commencé à la nommer Dahut. Et comme le détail de la queue de poisson était absolument attendu, mon récit lui en a concédé une. D'ailleurs, c'est ce que mon faux souvenir me fait voir à présent : une queue musclée, l'éclair argenté des écailles, des nageoires glauques. Je doute, cependant, avoir réellement vu davantage que son visage et ses mains. Durant des années, j'ai même hésité quant à la couleur de ses cheveux.

Mais, après les trois jours qui viennent de passer sur moi comme un torrent, il m'est impossible de l'oublier désormais : ils sont fauves, de la rousseur malsaine de cheveux qui n'ont jamais vu le soleil. Une couleur aussi dérangeante que celle d'un œil crevé, qui fascine et soulève le cœur à la fois.

# Remontée

*Juillet 1952, mer Celtique*

Un corps s'élève. Paupières closes sur globes oculaires inertes, visage offert à la lumière, bras légèrement écartés du corps, il prend la forme d'une flèche cherchant à atteindre le ciel au ralenti. Sa remontée semble retenue, comme si les abysses exerçaient sur lui une forme de succion. Les filets de bulles qui l'accompagnent se précipitent à la surface, tandis que le corps tarde, solennel. Le chatoiement des eaux le colore en vert phosphorescent.

Sa chair n'est pas tuméfiée par l'eau de mer, sa peau n'est pas tachetée comme l'est celle des noyés. Ses traits semblent anormaux, foncièrement étrangers. Ses cheveux, interminables, ne présentent pour l'instant aucune couleur distincte, qu'une inquiétante teinte algueuse.

Comme le corps traverse des zones d'eau plus claires, il révèle sa féminité.

Une femme, un corps de femme, s'élève dans le silence marin.

Son visage rencontre le plafond de l'eau, le traverse, en émerge. La femme ne prend pas de bouffée d'air. Elle attend. Ses cheveux se déploient en corolle autour de sa tête.

La mer est lisse, réfléchit le rose du ciel. La femme conserve ses oreilles sous l'eau, seul son visage s'expose à l'air libre, un masque flottant là, au beau milieu de la plaine marine, loin du rivage. Le vent lui lèche les joues, l'arête du nez, les lèvres, le front, le menton. La sensation l'exalte au point de frôler la souffrance. La femme sent — elle ne fait que cela, sentir — que l'air lui pèlera la peau.

Un ciel spectaculaire s'étend au-dessus d'elle. La voûte rose tourne au pêche ardent. Au travers de ses paupières, elle assiste à la fluctuation des couleurs, de l'orangé au pourpre, au violet. Des larmes glissent sur ses tempes.

Le soleil se couche.

Alors seulement, elle se permet d'ouvrir les yeux. L'air les râpe, elle les referme aussitôt, les garde fermés des heures encore. Avant l'aube, elle cligne ainsi des paupières à quelques reprises. Quand le jour se lève, elle reprend son immobilité totale. Aveugle au dehors. Son corps droit, planté comme un piquet dans la mer.

La nuit suivante, elle expulse l'eau de ses poumons, qui coule en filets par ses narines jusqu'à la dernière goutte. Elle avale une première goulée, résiste au réflexe de recracher le gaz. S'interdit d'aspirer de l'eau de mer pour calmer la brûlure.

Une heure plus tard, elle se permet de vider ses poumons. Elle se torturera à nouveau le jour suivant, en prenant sa seconde inspiration.

Longtemps, un mois entier ou davantage, elle se maintient ainsi, à la frontière de l'air et de l'eau, à peine vivante. En résurrection. La peau de son visage rougit, s'ulcère, se reconstitue. Ses organes s'acclimatent à leur rythme, qu'il ne faut pas presser. Éventuellement, ses yeux cessent de pleurer.

Étrange pieu enfoncé au cœur des vagues, elle attend.

Sa présence pulse dans l'espace.

Les poissons l'évitent. Les goélands tournoient au-dessus de sa tête et crient sa présence.

•

À cinq kilomètres de là, juchée sur le promontoire rocheux de la pointe de Feunteun Aod, une vieille Bretonne perd le sommeil. Sylvette Luzel, veuve, les soixante-dix ans vigoureux, aussi rude que le paysage qui l'entoure, développe une nervosité inexplicable. Exaspérée, elle cherche parmi les bruyères, longe le littoral venteux, scrute la mer, mais l'objet de son inquiétude ne se révèle pas à ses yeux. Un mois durant, son agacement perdure.

La femme dans la mer s'anime peu à peu. Ses bras ondulent. Elle écarte les orteils, bat des jambes, cambre le dos.

La houle la pousse vers la côte, quelques mètres à la fois. Sa progression est marquée par des haltes fréquentes, étapes d'acclimatation pénibles et nécessaires. Le retour à la conscience, puis à la terre, est une épreuve qu'elle connaît et qu'elle n'affronte jamais avec légèreté.

Sur la côte, Sylvette Luzel enchaîne les nuits blanches dans sa maison isolée. Son cœur s'emballe pour un rien, ses gestes perdent en précision, son humeur devient capricieuse. Sans savoir de quel côté cela surgira, elle pressent un grand événement.

Sinistre, peut-être, mais gigantesque.

# Premier jour

*12 août 1952, pointe de Feunteun Aod, Bretagne, vague menace d'orage*

Le malaise devient intolérable. C'est une irritation constante de ses nerfs. Quelque chose d'inaudible crie son nom.

Sylvette se lève brusquement, manque de renverser sa chaise. Elle se penche vers la fenêtre, pousse les plantes en pot qui encombrent l'appui, essuie la vitre sale avec sa manche. Dehors, une lueur diffuse grisonne tout, si bien qu'on pourrait se croire à n'importe quelle heure du jour : aube, début de soirée, beau milieu de l'après-midi. La lande est terne, les nuages se gonflent à n'en plus finir.

Sans réfléchir davantage, Sylvette sort de chez elle. Le vent, aussitôt, l'embrasse, soulève ses cheveux mal tressés, s'infiltre sous ses vêtements. Son intuition l'incite à marcher en direction du Fornic. D'un pas décidé, elle emprunte le sentier côtier en crête de falaise et avance, dans le secouement de sa jupe, entre les herbes sèches. À sa gauche, la lande vide, à sa droite, la mer plombée. Aucun oiseau ne crie, aucun insecte ne remue. À tout moment, la vieille s'arrête, plonge son regard en contrebas, scrute le rivage à travers les embruns : de la pierre, des algues, des fragments de coquillages. Comme rien d'inaccoutumé ne se présente, Sylvette continue de suivre le sentier de longues minutes, tandis que se dessine au loin, de plus en plus clairement, la petite anse de Pors Loubous.

C'est alors qu'elle voit le corps.

En bas de la falaise, couché parmi les débris marins, il fait une tache claire. Ivoire vibrant dans toute cette grisaille. Affalée sur le côté, les bras allongés couvrant son visage, la silhouette dévoile un sein. Sa carnation fraîche laisse croire qu'il lui reste un peu de vie.

Les pupilles de Sylvette se dilatent, le sang lui monte à la tête.

Ce ne peut être qu'elle. La *morganez* que la vieille a rencontrée soixante-six ans plus tôt. Qu'elle n'a jamais cessé d'attendre.

Cherchant du regard un moyen de descendre, Sylvette repère, un peu plus loin, un éboulement pouvant servir d'escalier. Elle s'engage dans l'escarpement avec une témérité qui l'étonne elle-même. Posant enfin le pied au bas de la falaise, elle s'appuie un moment sur le flanc de granit pour reprendre son souffle. L'endroit forme une petite crique cailouteuse, hostile. Entre les pierres enduites d'algues, Sylvette se dirige prudemment vers le corps qui gît, de dos, à une vingtaine de mètres.

Bientôt, elle s'arrête. Examine cette loque étendue sur la grève. Le va-et-vient des vagues la baigne d'eau froide, mais elle ne frissonne pas. Sa tignasse est engluée d'écume, le bas de son corps est recouvert de goémon. Impossible de dire si elle respire.

Sylvette veut l'interpeller, à tout le moins signaler sa présence, hésite sur la façon de faire.

Doucement, comme roulé par le vent, le corps se retourne. La femme, loin d'être morte, la regarde droit dans les yeux, sans ciller. Ses iris semblent noirs, ses lèvres sourient faiblement.

Sylvette n'éprouve à cet instant ni surprise ni crainte, plutôt un sentiment solaire d'accomplissement. Sa poitrine se gonfle, son visage se plaque légèrement de rose.

« Je le savais », lance-t-elle, la voix éraillée par l'émotion.

Elle prend un moment pour dompter son vertige.

« Je savais que je te reverrais un jour. »

Dissimulant sa joie, elle s'avance de deux ou trois pas, choisit une pierre plus sèche que les autres, s'y assoit les jambes bien carrées. La femme échouée l'observe. D'une poche de sa jupe, Sylvette tire une tabatière, une pipe, des allumettes. Malgré le vent, elle accomplit son rituel avec des gestes sûrs. Prend une première bouffée de fumée, tourne son regard vers la mer qui, à l'horizon, grimpe dans les nuages.

« Tu n'as pas à te présenter, annonce-t-elle d'une voix assez forte pour percer le vent. Je sais qui tu es. Sur toi, je sais tout ce qu'il est humainement possible de savoir. Je me suis acharnée à te connaître. Mon existence consacrée à la tienne. Tu as mille noms : Dercéto, Parthénope, Leucosie, Morveren, Lì Ban, Dahut... Différents peuples ont cru que tu appartenais à une race, que ce soient les *merrows*, nixes, *roussalki*, ondines, naïades, *marimorgans*, sirènes, *selkies*... Mais je suis plus perspicace. Je te regarde et je le devine : tu es unique, seule au monde. Et, forcément, millénaire. »

Les yeux de la femme sont inexpressifs. Sylvette fait le pari de croire qu'elle comprend ce qui lui est dit.

« Maintenant, choisis : comment dois-je t'appeler ? »

L'autre ne répond pas.

« Il serait plus commode que tu aies un nom. »

Une vague se fracasse contre une pierre, les éclabousse. Sylvette aspire tranquillement son tabac. La femme hésite un moment, mime le son « ma » avec sa bouche.

« Maaaa, interprète Sylvette. Tu veux que je t'appelle... *marimorgan* ? »

L'autre sourit.

« Soit, Marie-Morgane ce sera. »

La poussière d'eau embrume tout. Sylvette plisse les yeux, maudit sa vue courte. Elle ne perçoit pas d'écailles reluire sous la couverture d'algues. Peu importe. Sa conviction lui suffit : elle sait que ce corps est à demi-poisson.

Du tuyau de sa pipe, elle pointe les membres enrobés de goémon.

« Tu n'as pas à te cacher là-dessous. N'aie ni honte ni peur. Je te l'ai dit : je *sais* qui tu es. J'ai lu tout ce qui s'est écrit. Collecté les moindres traces. Je n'ai jamais vu le passage du corps marin au corps terrestre, mais je sais que tu en es capable. Et que tu le feras. »

Elle agite sa pipe en sa direction.

« J'attends que ta part animale se scinde en deux. »

Un silence s'étire durant lequel la femme s'assoit, s'absorbe en elle-même.

« Marie-Morgane, commande la vieille, je ne quitterai pas cette plage seule. »

D'un doigt autoritaire, elle désigne le haut de la falaise.

« Tu te lèveras et tu viendras avec moi. Nous prendrons le temps qu'il faudra, je sais que la marche ne t'est pas naturelle. Tu te rendras chez moi, à moins d'un kilomètre d'ici, plus haut, sur la lande. C'est une invitation qu'il serait inconvenant de refuser, considérant les soixante-six années que j'ai passées, moi, à t'attendre. »

Son cœur bat la chamade, mais ses joues ne rougissent pas, ses mains ne trahissent rien. Sylvette écarte les jambes pour se donner plus d'aplomb.

« Je ne veux recevoir que ce qui m'est dû, rajoute-t-elle en balayant les fibres de tabac parsemant sa jupe. Dans les contes de mes aïeules, ceux qui te trouvent sont en droit de formuler un vœu. Certains exigent la bénédiction, l'or ou, sont-ils fous, le corps de la sirène... Moi, c'est ton temps que je veux. Ton temps pour celui que je t'ai consacré. Accorde-moi trois jours et trois nuits. Je veux que tu te livres à moi, sans réserve, jusqu'au dernier instant où je n'aurai plus d'autre choix que de te relâcher. Accepte, Marie-Morgane, ce que je te demande. »

Sur ces mots, la femme de la mer baisse le front, semble lui accorder son souhait.

Docile, elle s'apprête à se lever. Comme si la métamorphose n'avait jamais eu à s'accomplir, Marie-Morgane plonge ses mains sous le goémon, soulève leur croûte en la faisant craquer. Lorsqu'elle écarte les parois d'algues, elle révèle ses genoux luisants, ses cuisses bien distinctes, ses pieds tendres.

Sylvette se penche brusquement vers les jambes, inspire et ferme les yeux, les traits lissés par une imprévisible volupté. Iris, poire juteuse, caramel. L'exhalaison de chair neuve lui rappelle, jusqu'au creux de son utérus qui s'en tord, l'odeur du seul bébé qu'elle a mis au monde.

Entre ses cils, au moment de rouvrir les yeux, elle croit voir un rictus déformer le visage de Marie-Morgane. Un clignement de paupières, et l'expression s'efface.

La femme sort des algues, se hisse debout. Magnifiquement nue dans l'agitation du ciel et de la mer. Comme elle déploie sa stature, Sylvette étouffe un cri, laisse tomber sa pipe dont le tuyau se brise contre les galets. Ce corps dressé devant elle dépasse les deux mètres de haut.

La vieille se relève d'un bond, ressent l'urgence de profiter de sa prise. Il lui faut tout de suite refermer le filet, le tirer vers elle, en resserrer les mailles. La laisser se démener un peu, mais de façon calculée, en exciter le sang, puis en extraire le suc jusqu'à la dernière goutte. Obtenir la confirmation de ce qu'elle sait déjà, jouissance rare des érudits, délice qui lui est depuis longtemps promis.

« Viens ! » ordonne-t-elle.

Tournant le dos à la mer, Sylvette se dirige d'un pas mesuré vers l'éboulement, qu'elle entreprend de gravir. Marie-Morgane vacille, puis s'emploie à la suivre. Bientôt, les deux femmes atteignent les étendues de la lande, y cheminent en silence.

Tandis que son guide progresse à allure régulière devant elle, Marie-Morgane avance avec difficulté. À chacun de ses pas, son regard se noircit, son teint devient cireux. Sylvette ignore que chaque grain de sable est une aiguille dans ses pieds, que les ajoncs lui flagellent les mollets, que le vent lui écorche les seins. Que l'odeur miellée des bruyères la dépasse, lui donne envie de rire et de pleurer.

Au moment où la maison apparaît, le sentier commence à se faire moucheter de pluie. Et tandis qu'elles franchissent les derniers mètres qui les séparent de l'abri, la lumière décline brusquement, si bien qu'au moment où elles s'arrêtent au pas de la porte, un crépuscule d'orage enrobe tout. Les dernières couleurs perceptibles se détachent du décor, les hortensias bleus qui flanquent la maison et la porte vermillon deviennent vibrants.

Marie-Morgane s'arrête, hypnotisée.

Sylvette déclenche le loquet, pousse le battant de la porte. Sa gorge se noue lorsqu'elle prononce : « Entre, je te prie. » Vague conscience du point de non-retour.

Inclinant le front pour se faufiler dans l'embrasure, Marie-Morgane pénètre dans la demeure.

La vieille femme referme la porte sur leur tête-à-tête.

*Avant minuit, salon de Sylvette*

Ses origines, ses errances, ses desseins, ce qu'elle est, ce qu'elle désire : un brouillard opaque, impossible à percer.

Dans la pénombre du salon, Sylvette s'active autour de son invitée, l'amadoue et la brusque, s'ingénie en questions, subtiles ou frontales, tente de l'animer par la parole, d'aiguillonner son ego, de lui fouetter l'esprit, de l'arracher à l'apathie. En vain. Marie-Morgane, à peine entrée dans sa demeure, s'est effondrée dans un fauteuil et n'a plus remué. Obstinée dans son mutisme.

Elle semble la narguer.

Ébaubie par la situation, à bout de ressources, Sylvette abdique. S'affale à son tour dans son fauteuil. Voici l'objet de ses études, en chair et en os devant elle, la *morganez* sur laquelle elle a tant lu, tant réfléchi, tant misé, au point de l'avoir crue familière, qui se révèle hermétique.

Assises face à face, de part et d'autre du foyer endormi, elles s'installent dans l'attente, assistent au versement du soir dans la nuit. Les heures s'écoulent, étourdissantes d'absurdité.

Des gouttes clapotent sur les tuiles d'ardoise du toit, trop fines et trop rares pour mériter le nom de pluie :

elles mouillent à peine, ne lavent rien, annonce irritante d'un orage qui s'abstient d'éclater. L'air est moite, les chandelles fondent, la fatigue d'une journée extraordinaire se fait sentir.

Et l'horloge, l'insupportable horloge tient le compte des minutes perdues.

Sylvette aurait besoin d'étendre ses jambes, de se masser le cou, mais ne trouve plus la force morale de bouger. L'inaccomplissement et la confusion la rivent sur place. Oser une question de plus équivaudrait à un aveu d'impuissance, à un manque de sagacité, alors elle reste muette comme son invitée, se donne un air presque aussi fier que le sien.

Le temps s'étire. Autour d'elles, en dehors de la portée des chandelles, la noirceur se densifie, se met à grouiller.

Sylvette tressaille quand l'horloge sonne. Onze coups.

Sa contenance s'écroule tout à fait. Son agitation intérieure transpire, elle frotte ses joues plaquées de rose, respire bruyamment. Puis parvient à reprendre un air respectable. Détourne son visage pour éviter de trahir de nouveau son désarroi. Quelle est la clé de l'énigme ? Que faut-il faire pour s'extirper de l'impasse, pour déclencher sa parole ? Celle qui tout à l'heure acquiesçait au pacte tout à coup s'y montre réfractaire. Sur les trois jours promis, le premier se termine et rien n'a été obtenu, ni confession ni indice. Aucune miette qui apaiserait son appétit de savoir.

Sylvette garde la tête tournée vers l'horloge comtoise dont elle ne perçoit pas le cadran. Ses doigts tapotent le bras de son fauteuil en imitant la pluie. À travers la broussaille blanche de ses cheveux, elle devine que Marie-Morgane la fixe. Son intensité l'indispose. Un nerf saute dans sa joue, son cœur se dérégularise, elle anticipe le retour de son visage sous le regard de la sirène.

Qui la scrute. La guette.

Les secondes paniquées fuient comme des rats couinant sur les carreaux du plancher. La pluie devient plus drue.

Sylvette rassemble son courage, rapporte son attention au salon. Elle s'ébroue la gorge. S'emploie à examiner, minutieusement. Sous la lueur des chandelles, le vert olive des fauteuils prend une chaleur dorée qui irradie sur la peau de Marie-Morgane. Cela lui donne un teint malsain, cadavérique. Maintenant secs, ses cheveux ondulent contre sa gorge, couvrent ses seins, tombent vers ses cuisses. L'auréolent d'un roux crépitant.

Ses yeux...

*La nausée.*

De quelle couleur sont-ils?

Sylvette sent l'angoisse lui mordre la poitrine.

Les yeux de Marie-Morgane font deux points de lumière dans l'ombre de son visage.

Frappée de honte, la vieille femme réalise qu'elle s'évertue, depuis des heures, à ne pas les croiser.

N'est-ce pas que l'ombre et sa myopie sont commodes?

Ne pas être forée par ces yeux. Ne surtout pas tomber dans ces crevasses.

Un frisson grimpe sa colonne. Ses doigts se crispent, ses pieds pointent vers la sortie.

Voilà ce que cette créature exige, ce qu'elle attend : que je la regarde. Mon esprit s'acharne à aborder le sien à travers les mots, les idées, le bruit, mais ce n'est pas le type de rencontre auquel elle consent. Elle veut me *voir*. Elle veut, avant tout, que je la *voie*. Un face-à-face cru, sans pudeur, sans défense. Sans le polissage des paroles. Sans le bouclier du langage.

Sylvette, regarde-la. Directement.

L'idée lui répugne tant qu'elle se met à grouiller, essaie de croiser ses jambes pesantes, abandonne l'effort à mi-mouvement, s'engonce dans les rembourrures, fond vers le sol, s'amoindrit corps et âme devant Marie-Morgane.

Finalement, Sylvette cède. Elle affronte les yeux, d'abord avec précaution.

En surface, ils ont une teinte brumeuse, un turquoise trouble, nuance de mer peu profonde.

Sylvette s'y plonge.

Le choc a lieu.

Lui comprime le cœur, lui vide les poumons.

*Marie-Morgane a les yeux couleur de noyade.*

Leur clarté scintille un instant, puis s'étouffe en vert pétrole. Sylvette s'avance au bout de son siège. Eaux sombres. Au fond de l'œil semble se dessiner un rai de lumière, comme une déchirure dans le tissu oculaire. Une lueur qui peine à creuser l'opacité aquatique, qui s'amenuise, recule, s'éteint.

Son corps s'enduit de sueur froide.

Un gouffre s'ouvre sous son fauteuil. Sa maison s'inonde d'eau saline.

Surgit alors une sorte de cobalt, nuance abstraite. Couleur d'asphyxie. Voilement que fait le sang qui monte à la tête.

En un éclair, le cobalt se résorbe, cède sa place au noir glauque. Là réside le noyau de couleur des yeux de Marie-Morgane, comme l'amande amère au milieu du fruit. Un noir épais des fonds marins, où les formes et les mouvements se devinent à demi et n'en sont que plus terrifiants.

Au bout de son regard, le noir s'aggrave, gagne en densité, en texture. Sylvette est alors frappée du plus que noir. Les membres rigides, les poumons transmués en pierres piquant vers les tréfonds, elle embrasse l'outre-noir, cette absence absolue de couleur qui la pourfend : la masse incommensurable et glacée des abysses.

Alors, Sylvette sait.

La réponse à toutes ses questions lui est fournie.

Elle n'éclate pas en sanglots, elle n'en a plus l'âge. Ne tremble pas non plus, son corps en est incapable.

*La noyade.*

Jusqu'à ce moment, cette évidence ne lui était pas apparue.

À travers le monde, de nombreuses mers et baies, autant de lacs, de mares, d'étangs sont crus habités par des femmes funestes. Des femmes dont le bas du corps — et les parties innommables — sont animales. Ses recherches interminables le confirment : des sirènes grecques, collectionnant les os des marins, aux nixes germaniques, qui entraînent leurs proies sous l'eau, des *selkies* des Shetland, qui se vêtent et se dévêtent à leur gré de leur peau de phoque le temps de séduire un pêcheur, aux *roussalki* slaves, filles suicidées qui noient leurs victimes pour les manger ou les aimer au fond des lacs, les femmes marines sont indénombrables. Sur les terres celtes seulement, n'y en a-t-il pas une profusion : Dahut la damnée, Melizenn la mielleuse, Muirgen la curieuse sainte irlandaise à double queue de saumon ? Sylvette les a étudiées des décennies, a collectionné chaque variante de leurs mythes, cumulé leurs similitudes sans se laisser distraire par leurs discordances, flairant qu'elles se rapportaient toutes à une seule et même entité. Du gigantesque portrait tiré de ces histoires, un fait pourtant flagrant s'est dérobé à sa perspicacité. Une seule question méritait vraiment d'être posée et Marie-Morgane a eu la magnanimité d'y répondre avant que Sylvette ait su la formuler.

Que font toutes ces femmes sous l'eau ?

*Noyées.*

Victimes d'un sort, d'une malédiction, d'un cœur brisé. Maudites. Chassées de l'humanité, exilées dans un lieu où il ne se trouve ni sol où poser les pieds, ni air à respirer, ni ciel à espérer. Toutes intimement liées à la mort — la leur, celle des autres. L'eau a dénaturé leur corps au point d'en faire des monstres. *Noyées.* Jetées dans les flots, mais jamais éliminées qu'à demi, elles persistent, hantent le monde par en dessous, chantent leur rage et leur désespoir, attirent les hommes sous la surface pour qu'ils subissent leur douleur, partagent leur sort.

Sirènes, ondines, naïades : *noyées*.

Marie-Morgane assouplit enfin sa posture, se repose contre le dossier du fauteuil. Son regard libère Sylvette. Au moment même, comme projetée vers l'avant, la vieille femme quitte son fauteuil, fait trois pas hagards à travers la pièce, se réfugie dans sa cuisine. À l'abri derrière sa grande armoire de merisier, elle prend appui sur le comptoir, passe une main nerveuse sur son visage, sur son cœur, se couvre la bouche.

La sirène s'est confiée en conservant le silence. Le temps du pacte est commencé. Les révélations tant espérées auront lieu, mais de manière insoupçonnable, sans les mots.

Sylvette ressent une langue de feu lui lécher l'intérieur de la cage thoracique. Elle respire mal, sa gorge se contracte. Sa main papillonne à la recherche d'un verre, ses yeux aveuglés par des pensées décousues aperçoivent à peine la cruche d'eau, dont elle s'empare instinctivement. Elle a soif. Épouvantablement soif. Quand elle essaie d'avaler, sa gorgée reste coincée dans son œsophage. Sylvette vomit l'eau, horrifiée.

## Lettre sans but II

Où que tu te trouves, Merwen, sous quelque forme que tu sois, je crois que tu conserves, imprimé dans ce qui te tient lieu de mémoire, le souvenir de l'église Saint-Germain de Kerlaz. Combien de fois t'y es-tu rendu, à pied, en pèlerinage solitaire, en omettant d'avertir l'une d'entre nous ? Dès l'inauguration de ses nouvelles verrières, à tes onze ans, jusqu'à ton départ définitif pour Paris, l'église a été pour toi un asile, un port magnétique. Ton esprit y revenait nuit après nuit, ton corps, le plus souvent possible. Toi qui pourtant étais, sans même le savoir, irréductiblement païen. Tu ne t'agenouillais pas — ce geste n'avait aucun sens pour toi —, mais avec tout autant de vénération tu te tenais debout, rapetissé d'humilité, devant ce que tu appelais « ton vitrail ». Celui de la submersion de la ville d'Ys.

Tu t'engouffrais dans l'image. N'en ressortais plus.

Quelles pensées te traversaient alors ? Pensais-tu seulement ? Ou bien étais-tu vide : vide de toi et pleine d'elle ?

Elle te hante toujours. Elle t'enlace et te dévore pour l'éternité. Et le vitrail, à l'origine de ton obsession, tu le vois encore, en filigrane de ta souffrance. La sensibilité avec laquelle l'image marie les tons ocre au bleu ardent. La façon dont la lumière du jour, en traversant les verres, devient mélancolique. Moi aussi, j'ai ce vitrail dupliqué à l'intérieur, dans le désordre de mes souvenirs, sur la ligne fine entre ce que j'affectionne et ce que je hais. Ce vitrail fatal : *Saint Guénolé, abbé de Landévennec, sauve le roi Gradlon lors de la submersion de la ville d'Ys.* Et c'est moi maintenant, la pèlerine pâmée qui a pris ton relais à l'église Saint-Germain.

Je m'y rends assez souvent, l'abbé Marzin s'en offusque, lui qui me sait athée. Moi non plus, je ne m'agenouille pas. Mais mes genoux tremblent et veulent fléchir. Devant l'image, tant de pensées se bousculent en moi qu'elles se confondent pour ne former qu'un seul immense remords.

La composition de la scène m'a toujours agacée. Au centre se dresse Morvarc'h, le cheval des légendes, qu'on dit si rapide qu'il pouvait galoper sur les flots. Sur son dos est assis saint Guénolé, brandissant sa crosse épiscopale. Monté en croupe, le roi Gradlon est coiffé d'une couronne qui glisse de son front. Ils échappent dans un bond à la montée des eaux. L'abbé jette sa main au-devant de lui, l'étire vers les cieux pour remercier les forces qui les tirent in extremis du désastre. Dans un mouvement opposé au sien, le roi lance son bras derrière lui, montre sa paume ouverte, dans un adieu trop serein à sa fille qu'il abandonne à son sort.

*Elle.* Bien qu'elle n'occupe qu'une infime portion du vitrail, elle en est le véritable sujet. Tu le savais, aucun Breton digne de ce nom ne l'ignore. Repoussée à la limite gauche de l'image, entraînée dans les remous, les bras tendus vers son père qui prend la fuite, se noie la princesse Dahut. Les traits doux, les mains éplorées. Derrière ses robes bleues se dressent les tours de son château submergé. Figée dans le verre au moment de sa noyade, elle s'enfonce, interminablement, au fond de la baie de Douarnenez.

Comme s'il avait tenu à bien signaler son mépris envers la pécheresse, le maître verrier a fait en sorte qu'un joint de plomb lui traverse la figure. Au-dessus d'elle se penche un diable vert qui ne cherche pas à la tirer des eaux, mais à l'y maintenir. Qu'elle se noie, vivement qu'elle se noie, semble crier l'entièreté du vitrail.

C'est sous ces traits que tu l'as découverte, que tu l'as d'abord adorée.

Dahut t'a captivé avant toutes les autres. Quand tu prononçais son nom, tes lèvres semblaient embrasser l'air. Face à la mer, sur la côte de Cornouailles et celle de la mer d'Iroise, tu scrutais les vagues dans l'espoir de la voir surgir entre deux rubans d'écume. Je te voyais espérer et souriais. Je m'abstenais de t'apprendre ce que moi et mes aïeules savions mieux que quiconque : Dahut n'apparaît qu'aux femmes, jamais aux hommes, encore moins aux *fri lous* comme toi.

Tu as eu soif d'elle. Dans mon ignorance de ce qui allait en découler, j'étais fière de ta soif. Amusée, mais fière. Je ne t'ai pas révélé ce que je savais à son sujet, non, je t'ai laissé chercher. Rien ne vaut une déception que l'on rencontre par soi-même. Ému par la belle noyée du vitrail, tu as couru voir mamie Naïg pour qu'elle te conte, mieux que je ne pouvais le faire, la légende de la ville d'Ys. Et moi, lancée depuis longtemps sur la piste de ce que nous avons perdu, sachant d'avance le chemin que tu parcourrais, j'ai su me taire.

Voici comment va l'histoire de nos jours, la version dénaturée que les Bretons retiennent et répètent.

À la fin du quatrième siècle ou au début du cinquième, lors d'une expédition guerrière, le roi de Cornouailles, Gradlon Meur, tombe amoureux de la reine du Nord, la fée Malgven. En longue lune de miel, ils partent tous deux en mer. Sur le navire naît leur fille, la princesse Dahut. Entourée des eaux dès sa naissance, destinée à les rejoindre tôt ou tard. De façon prédictible, la reine Malgven perd la vie en donnant le jour à sa fille — car les contes de ne font que cela, célébrer la perte de nos mères, nos bienveillantes, nourrissantes et sages mères anciennes.

De retour sur les côtes de Bretagne, le roi Gradlon, endeuillé, amolli par des années d'amour, prend un soin jaloux de sa fille. Dahut grandit en beauté, réincarne les traits de sa mère, ce qui accomplit l'abêtissement du roi. Lorsque la princesse, devenue femme, formule le souhait insensé de se faire construire une ville marine qui serait jour et nuit embrassée par les flots, le roi cède à son caprice, met tout en œuvre pour le réaliser.

La ville d'Ys est érigée au large, au milieu des vagues. Dahut, à demi fée, obtient l'aide des korrigans pour ériger des digues magiques, protégeant la ville des eaux. Ses portes, unique voie d'entrée et de sortie, sont des écluses de bronze contrôlées par une simple clé.

Sous l'influence de la princesse, la ville d'Ys devient florissante, en liesse constante, résonnante de musique. On nous la dépeint volontiers en cousine de Sodome et de Gomorrhe. Fêtes et orgies se succèdent sans essouffler Dahut qui abuse de tout : des parures, de l'hydromel, des hommes. On dit qu'elle se choisit un amant chaque soir puis s'en débarrasse au matin, en le jetant à la mer du haut d'une tour, en l'étranglant à l'aide d'un masque magique, ou d'autre ignoble manière. C'est alors que saint Guénolé, faux héros de l'histoire, se présente au roi et l'avertit que la débauche de sa fille attirera les foudres divines. Gradlon, complaisant, fait la sourde oreille.

Un soir de fête, un chevalier tout de rouge vêtu fait son apparition au palais et, comme on peut s'y attendre, séduit la princesse. Il la convainc de subtiliser la clé des écluses et d'en ouvrir les vannes. Dahut, idiote ou ensorcelée, s'exécute. Aussitôt, la ville s'inonde et se fait rapidement engloutir, édifices et citadins compris. Seuls les deux saints hommes, le roi Gradlon et l'abbé de Landévennec, échappent à la catastrophe.

Dahut la pécheresse se noie. Apothéose de l'histoire, immortalisée dans le vitrail de Saint-Germain de Kerlaz. Elle se noie... et pourtant demeure.

Cent variantes de l'histoire existent, mais l'essentiel reste le même : la débauche éhontée, l'usage diabolique des clés, la noyade de la princesse.

Ton engouement pour la légende a été amplement nourri par ma mère, notre bonne Anaïg, qui devait mourir l'année même. Puis, la vieille Horéllou *ratous* a pris le relais, parvenant bien des soirs à te tenir en haleine avec une histoire que tu connaissais pourtant par cœur. J'ai d'abord supposé que tu avais été séduit par l'idée qu'il y ait pu avoir, autrefois, une somptueuse Atlantis bretonne, là, au milieu de la baie de Douarnenez, où aujourd'hui ne s'étale que la plaine salée de la mer. Je t'ai vu fixer l'eau étincelante de la baie, je croyais que tu y faisais ériger en imagination, une à une, les tours fabuleuses d'Ys. Je croyais que la ville de joie, où chaque jour résonnaient le biniou, la bombarde et la harpe, t'interpellait. Que son paganisme insoumis et jouissif désengourdissait tes racines endormies, faisait vibrer ton sang ancien.

Ys, notre ville perdue. Nos racines noyées.

Si tu m'avais sollicitée — ou si j'avais eu l'instinct de t'accueillir, parfois, dans ta curiosité —, je t'aurais montré, derrière l'écran de fumée de la légende, ce qu'est la laide vérité. Mais tu t'y es pris à ta manière, tu as deviné sans mon aide. De loin, je t'ai observé te désenchanter peu à peu, douter, éprouver de l'insatisfaction. Quand nos vieilles conteuses se sont éteintes, tu as trouvé les livres. Je t'ai vu surpris, dégoûté, tournant les pages. La chanson moralisante de Souvestre ne pouvait pas te suffire, les collectages lourdement chrétiens de Le Braz et de Sébillot ne pouvaient que te consterner. Au lieu de te bercer de merveilles comme l'avait fait mamie Naïg et la vieille Horéllou, ces histoires n'insistaient que sur le péché, la malédiction, le repentir. Naturellement, ton cœur était rebuté par ces mots. Je ne t'avais pas formé pour les accueillir, mais pour les rejeter.

Laisse-moi deviner, Merwen : tu as flairé la vérité au sujet de la ville d'Ys et de sa princesse, Dahut, tu as cherché la légende véritable, celle précédant la manipulation et le mensonge, tu as peut-être même connu un instant ou deux d'espoir, puis t'es frappé au mur au-delà duquel l'histoire devient muette. La version archaïque de la légende, introuvable, à jamais étouffée, il a fallu que ce soit le plus celtique de ton cœur qui te la chuchote. Par fragments, à demi-mot.

Dahut, Dahut...

Quiconque parle breton l'entend dans son prénom, *da-hud* : bonne fée. Elle ne pouvait pas être cette femme de luxure et de débauche qu'on nous brandissait comme un épouvantail dans les contes et les chansons. Qu'avait-elle d'abord été ? Une bonne fée des eaux, gardienne des clés d'une ville féconde et libre ? Une ancienne déesse protectrice ? La vérité a depuis longtemps sombré dans l'oubli. Tout ce qu'il nous reste, c'est cette histoire faussée et ce vitrail sacrilège qui célèbrent la noyade d'une femme.

Mais, tu le sais aussi bien que moi, l'eau n'a pas suffi pour l'effacer, non. Ni dans ton cœur ni dans celui, coriace, du peuple breton. Des siècles de christianisation et de torsion de nos croyances ne sont pas venus à bout d'elle. Comme en écho de nos mythes perdus, la majorité des variantes n'accepte pas que la princesse soit annihilée. On raconte que Dahut, engloutie mais non pas décédée, séjourne désormais dans la baie de Douarnenez sous la forme d'une sirène. Qu'elle habite pour l'éternité son palais sous-marin, orné d'anémones et de coquillages. Qu'on l'aperçoit, parfois, les soirs de tempête. On parle même de sa populeuse progéniture : les *morganed*, que l'on a vus danser au clair de lune le long des côtes ou laisser leurs trésors sécher au soleil sur les plages de l'île d'Ouessant. On raconte aussi qu'un matin de mai, il y a de cela aussi peu qu'une soixantaine d'années, la petite Luzel a aperçu, près de la pointe de Tréfuntec, une *morganez* qui lui aurait dit des choses insensées, au sujet de la mer utérine, de la puissance femelle, de la vibrance des racines.

À présent, j'y vois clair, Merwen. Ce n'était pas la ville fabuleuse qui te fascinait. Ys te touchait à peine. C'était *elle* que tu aimais, la Dahut transcendée, prisonnière entre deux mondes : noyée et vivante, honnie des hommes et hissée au rang des immortels, la femme-poisson, humaine et animale, errant dans la baie, ravissant parfois les jeunes hommes, les entraînant sous l'eau pour mourir sans mourir avec elle.

Et tu te questionnais sans doute. Pourquoi la noyade ? Pourquoi avait-il paru indispensable à des générations de conteurs, depuis le Moyen Âge jusqu'à nos jours, d'étouffer Dahut, de la contenir sous des tonnes d'eau ?

Qui était-elle vraiment ? Quelle puissance avait-elle détenue avant d'être tordue en créature dépravée ? Qu'est-ce qui, au juste, avait été noyé dans la mer d'Iroise, à l'époque immémoriale où sont trafiquées les légendes ?

Dahut...

Elle aura été la première à te captiver, avant les dizaines d'autres qui ont suivi. La dernière, quant à elle, n'a pas de nom — elle a mille noms, dont la moitié sont inconnus. Sauf de toi, qui les récites en litanie, à jamais, dans le secret de la mer.

Alors Uriel s'écria : « Voici les anges qui se sont unis avec les femmes. Ils ont pris de nombreuses apparences, ils ont souillé les hommes, multiplié parmi eux les erreurs, au point de les faire sacrifier aux démons comme à des dieux. Au grand jour, ils seront jugés et périront. Quant aux femmes qui ont séduit les anges, elles deviendront des Sirènes. »

*Livre d'Hénoch*, 19 : 1-3

*Moment flou entre le 12 et le 13 août, sur le seuil de la maison*

La lande est froide. Vers minuit, sous le ciel couvert, elle se réduit à une étendue de noirceur où le vent meugle, où les gouttes de pluie lancent des coups d'aiguilles à l'aveuglette. Les bruyères frémissent en continu. Au loin, la mer tord son étoffe moirée.

Au pas de sa porte, Sylvette respire à grandes goulées, s'aère l'esprit. Ses yeux flottent de droite à gauche, de haut en bas, trouvent dans l'obscurité de rares percées de gris. La nuit l'effraie. S'enfuir dans les ténèbres serait déraisonnable. Réintégrer sa maison ne lui semble pas beaucoup plus judicieux. Son cœur palpite. Que faire quand extérieur et intérieur provoquent une angoisse égale ?

Dos plaqué à la porte, elle ferme les yeux. Sa main cherche à tâtons la poignée, la saisit avec détermination. Le loquet se déclenche dans un clac sonore. Sylvette pivote sur elle-même, rassemble son courage, pousse le battant.

Au moment où elle entrouvre la porte, l'odeur de Marie-Morgane lui pique les narines, puis l'enrobe entière, film huileux se déposant sur sa peau, ses cheveux, ses vêtements. Nectar d'algues confites, sueur iodée, sur une note florale grasse. Sa maison entière en est imprégnée.

Je ne m'en laverai jamais.

Dans la bulle de clarté des chandelles, le salon a l'apparence d'une crypte saturée de parfum et d'humidité. Durant l'absence de Sylvette, la géante s'est endormie, étendue en diagonale dans son fauteuil, chevelure rejetée par-dessus le dossier. Ses jambes interminables rejoignent les chenets du foyer, sa joue est appuyée sur le dossier dans un angle inconfortable qui lui donne un cou de cygne.

Sylvette s'avance avec précaution dans la pièce, les yeux écarquillés, dévorant du regard chaque détail du corps assoupi. Elle regagne sa place, s'y assoit. La flamme des chandelles vacille. Le clapotement de la pluie sur le toit reprend de plus belle.

Marie-Morgane est d'une immobilité inadmissible, on croirait une statue. Divinité pétrifiée. Idole taboue. Sa poitrine, inerte jusque-là, se dilate tout à coup dans une prise d'air impressionnante, se gonfle, se gonfle encore, se fige, mais ne s'affaisse pas. Se maintient ainsi distendue de longues minutes. Quand enfin l'expiration a lieu, Sylvette prend conscience d'avoir elle-même retenu son souffle. Elle détache ses yeux de Marie-Morgane, recommence à respirer normalement, se cale au creux de son fauteuil.

Inutile d'essayer, le sommeil ne lui viendra jamais en une nuit pareille.

La vieille femme regarde autour d'elle, réfléchit aux façons de tirer parti de son avantage passager sur l'autre.

Sans bruit, elle se faufile jusqu'au petit secrétaire près de son lit clos, en rapporte un calepin et trois crayons de plomb. Elle se rassoit, puis se consacre à l'activité la plus appropriée en les circonstances : la prise de notes.

Bien que le cadran de l'horloge soit inconsultable depuis son fauteuil, Sylvette estime qu'une vingtaine de minutes s'écoulent entre chacune des respirations. Il faut en témoigner. Conserver traces, mesures, observations.

Le calepin ouvert sur ses genoux attend que le crayon vienne y coucher quelques mots, mais elle ne parvient pas à écrire. Son attention est captive du corps de Marie-Morgane.

Sa nudité monumentale.

Ayant enfin le loisir de l'étudier librement, Sylvette s'admet combien ce corps l'intimide. Ses seins beaucoup trop distants l'un de l'autre, son ventre long, son pubis imberbe l'étourdissent. Sa nudité n'a rien de vulnérable. Elle s'impose, sacrale, terrible.

D'une manière qu'elle ne s'explique pas, sa nudité la diminue, l'humilie presque.

S'étant observée nue à chaque âge de son existence, ayant tout observé, des courbes fermes aux flaccidités, du grain soyeux de la peau aux fripures et aux rides, l'anatomie féminine n'a rien qui puisse l'indisposer. Sylvette a admiré son propre corps et celui de ses sœurs fleurir, embaumer d'œstrogènes, saigner de mois en mois, puis se flétrir à grande vitesse et se courber ; elle a vu des seins bourgeonner, s'épanouir avec gloire, allaiter, s'affaisser comme des vessies vides, prendre des formes asymétriques ; des ventres durs s'adoucir, s'arrondir, se distendre, se strier de marques, puis pendre. Quatorze fois, elle a assisté à l'intimité des grossesses, aux déchirures de l'accouchement. Aux pertes, aux parfums, aux mollesses, au gras doux. La nudité animale et nécessaire de la femme, Sylvette y est habituée. Mais ce corps-là, étalé sous ses yeux, la plonge dans le malaise.

Décris-le.

Tâchant de conférer le plus de neutralité et de clarté possible à son regard, Sylvette examine. Elle considère les épaules fortes, les clavicules proéminentes, larges comme des tibias, le ventre musculeux qui donne l'impression d'être aride, infécondable. La taille n'est pas marquée, les hanches assez étroites n'ont rien de maternel, l'ensemble du tronc est plutôt rectangulaire. Les pectoraux larges sont ornés de petits seins fermes, des fruits verts. Ils pointent naïvement dans l'espace, inexpressifs, tels deux autres visages endormis. Ces seins n'ont jamais produit de lait, n'ont pas même rêvé de lait, elle en a la conviction.

Écris, Sylvette.

Elle tourne le crayon entre ses doigts.

S'il lui faut choisir un adjectif pour décrire le corps de Marie-Morgane, « féminin » n'est pas le premier qui lui vient à l'esprit. D'ailleurs, ce manque de féminité l'étonne. Pire, la déçoit. Durant soixante-six années, quand elle se figurait sa prochaine rencontre avec la sirène, elle s'attendait à des rondeurs opulentes, à la chair généreuse d'une mère, à tout le moins au rayonnement doux de la nubilité. Rien de cela ici. Loin de l'apothéose du féminin. Marie-Morgane est une force avant d'être une femme.

Précise ce que tu perçois.

Sylvette épure son regard, cherche la justesse d'expression. De ce corps émane une énergie, une vitalité sourde, souterraine. Une grâce sérieuse, sans frémissement ni fraîcheur. « Ancien » est l'adjectif qui surgit d'instinct. Mais le terme n'est pas adéquat.

Grattement de mine sur le papier.

Elle baisse les yeux et voit, dans son calepin, ce mot, tracé au plomb : « Antédiluvien ».

Sa main tient le crayon, il s'agit de sa calligraphie, mais Sylvette n'a pas eu conscience d'écrire.

Relevant son visage éberlué vers Marie-Morgane, elle cligne des yeux, hoche de la tête en acquiesçant et murmure : « Oui, d'avant le déluge. Mythologique. »

Sa main note.

Sa peau, examine sa peau.

« Somptueuse », décide-t-elle. Sous la lueur des chandelles, un filtre de sueur lui donne un lustre satiné. Son visage n'est marqué d'aucune ride. Le rebondi du front et des joues imite la jeunesse, mais n'a rien de tendre ; au contraire, il évoque la densité d'une noix. Là où l'on s'attend à découvrir des plis, des rainures, à l'intérieur du coude ou en bracelets autour du poignet, la surface est parfaitement lisse. Sous sa peau semble s'étendre une fine couche de gras, dense et uniforme. Enveloppe adipeuse similaire à celle des dauphins ou des marsouins, épaisseur protectrice requise par les profondeurs glaciales.

Sylvette s'avance au bout de son siège, se penche vers l'endormie.

Le long de ses bras, aucune tacheture. Sur son ventre, dans son cou, aucun grain de beauté, ni duvet ni vergeture, rien. Le derme est pur. D'une teinte déconcertante, qu'elle pourrait dire grisâtre, non : irisée. Irisée, mais opaque. Nulle part il n'est possible de voir le dessin des veines, pas même sur le dos des mains. Aucune translucidité. Peau renversante. Qu'il faudrait pouvoir toucher, apprivoiser des doigts.

Sylvette pose un genou par terre, puis l'autre. La position est douloureuse, elle regrette l'absence de tapis. Oubliant toute pudeur, elle appuie ses mains sur le siège du fauteuil, de part et d'autre des hanches de la créature. Approche son visage de la poitrine.

Les poumons, comprimés depuis un moment déjà, ne se soulèvent plus. Marie-Morgane se maintient en état d'apnée. Si elle ne craignait pas de la réveiller, Sylvette poserait son oreille contre son cœur pour vérifier à quelle fréquence il bat. Elle imagine les coups vigoureux, espacés. Son activité organique extraordinairement ralentie. Tandis qu'elle se tient ainsi, pratiquement prosternée, son front frôlant la gorge de son invitée, elle considère la chevelure. D'aussi près, à contre-jour des chandelles, ses cheveux tantôt rouges semblent dorés, mais d'un or corrompu, rouillé.

La bouche attire son attention. Les lèvres dorment, sans le moindre tonus. Leur modelé n'est pas symétrique, un peu boudeur, d'une couleur tirant sur le lilas. Teinte morte. L'intérieur de la bouche reste mystérieux. Comme Marie-Morgane n'a pas encore pris parole ni souri, Sylvette ignore tout de l'apparence de sa langue, de ses gencives, de ses dents. Ces détails l'intriguent. Il lui semble soudain inévitable que ses dents soient pointues, pour déchirer la chair des poissons vivants, briser la carapace des crustacés. Quelle autre nourriture a-t-elle pu trouver sous les eaux ? Quand donc se nourrit-elle ? En ce moment, aurait-elle faim ou soif ?

Mille questions déferlent, auxquelles — Sylvette le devine — aucune réponse satisfaisante ne sera jamais donnée.

Sous la couverture jalouse de la peau, sous la cage des os, les organes la fascinent. Ils vibrent, si proches et hors d'atteinte. Les poumons incompréhensibles. Le cœur assurément élargi, surpuissant. L'utérus atrophié, elle n'en doute pas. La vie sous-marine, enfer de sel, de noirceur et de froid, a dû leur laisser son empreinte. Son intérieur est-il humain ? Qu'est donc Marie-Morgane ? Comment *existe*-t-elle ? Boit-elle l'air, respire-t-elle l'eau ? Les explications se trouvent enfouies là, entre les veines et les cartilages, dans le secret de cette chair qui, même abandonnée sous ses yeux, s'esquive.

*Morte*. La simplicité du constat la frappe. Sylvette frissonne. Il aurait fallu la trouver morte. Un cadavre sur la grève, conservé par le froid, docile, aurait pu pleinement rassasier sa curiosité. Sa carcasse aurait été compréhensible, ne lui aurait pas résisté.

Sylvette serre la mâchoire, plisse le front, ses mains se crispent et se décrispent à répétition. Elle semble magnétisée par la peau, comme si elle cherchait à voir au travers. L'odeur corporelle saumâtre et capiteuse lui monte à la tête.

Un souffle joue dans ses cheveux, au ras du front : Marie-Morgane expire. La vieille femme remarque alors l'unique imperfection du corps. À l'intérieur de la cuisse gauche, une cicatrice triangulaire marque la chair. Sylvette s'en émerveille.

La blessure, ancienne, a dû être profonde. Elle a laissé une cavité de plus d'un centimètre, un trou plus important que celui du nombril. À l'intérieur, le tissu cicatriciel est d'une blancheur immaculée. La forme de triangle évoque une dent de requin. Impossible : une morsure de carnassier aurait plutôt laissé en demi-cercle l'empreinte de plusieurs dents.

Les contours de l'entaille sont si nets qu'on les croirait découpés au couteau avec soin.

Sylvette avance un doigt pour l'insérer dans la blessure, hésite, son front devient moite. Elle succombe, effleure la cicatrice du bout de l'ongle. À l'instant même, Marie-Morgane ouvre les yeux et lui sourit d'une manière qui lui pulvérise tous les os. À genoux, bouche bée, le front perlant de sueur, la vieille femme reste paralysée, son doigt grotesque pointant l'intérieur de la cuisse.

Quand enfin Sylvette parvient à se remettre debout, mortifiée, elle recule vers son fauteuil, dans lequel elle s'effondre. Sous le regard amusé de son invitée, elle souffle, rougit, grugée par la conviction que cette cicatrice a failli lui révéler un secret.

Le premier homme se plaignit auprès de son Créateur : « Souverain de l'univers, la femme que tu m'as donnée s'est enfuie ! » Le Saint envoya immédiatement ses trois anges après elle pour qu'ils la ramènent. Le Saint leur dit qu'il vaudrait mieux qu'elle accepte de revenir, sinon elle devra supporter de voir mourir chaque jour cent de ses fils. Les anges la poursuivirent et la retrouvèrent au milieu de la mer, dans les eaux tumultueuses où les Égyptiens devront plus tard périr noyés. Ils lui rapportèrent les paroles de Dieu, mais elle n'accepta pas de revenir. Ils lui dirent : « Alors nous te noierons dans la mer. »

*Alphabet de Ben Sira*,
réponse à la cinquième question
du roi Nabuchodonosor

# Écho

Un corps, un corps de femme s'enfonce dans la vacuité marine. Elle sombre, droite, avec la gravité d'une reine. Aspirée par le fond, comme si ses pieds étaient coulés dans le plomb.

Au-dessus de sa tête, autour d'elle, sous ses pieds, insondables, s'étendent des masses d'eau.

Elle chute.

Sa déchéance a été ponctuée de couleurs.

Le blanc, d'abord. L'éclair de la stupéfaction, l'aveuglante blancheur de la colère, au moment où elle a été lâchée dans le vide pour se fracasser contre le mur de l'eau. Le blanc de l'écume giclant, moussant en salive enragée. Les éclats lactés de la mer qui se referme, brouillée de bulles et de restes de lumière.

Le turquoise, en second. Couleur vomitive, ondoiement de fausses clartés, la pire ignominie qui soit. Une impression d'espace quand la prison se referme. Un espoir fébrile qui ne sait plus à quoi s'accrocher, qui se décompose, teinte par teinte, degré par degré, se corrompt et tourne en dégoût.

Ensuite, le vert glauque. Authentique nuance du plus creux et du plus vaste qu'un être puisse éprouver : la tristesse. Vert sombre, sans vibrance, pollué d'immondices marines, épais comme une pâte, saturé de sel, écrasant. Nuance de l'intérieur d'une grotte, de l'intérieur d'un ventre.

Vert d'un estomac titanesque dont la digestion sera lente et cruelle.

Le vert glauque, longtemps.

La paix du noir est loin. L'étouffement parfait se fait attendre.

Avant le noir surgissent, dans une floraison malsaine, trois dernières couleurs fulgurantes. Le rouge, brûlure qui scinde l'esprit en deux, fureur de la raison outragée qui prend feu. Le fuchsia soudain, épouvantable, qui fuse de partout dans le corps, panique en zébrures glacées, se ramifie puis s'agglutine au centre de la poitrine. Le fuchsia surgit, fait son ravage, meurt. La dernière explosion est un cobalt violacé. Une bombe qui forme au-dessus de l'esprit un dôme de terreur. Le cobalt pulse, décuple l'espace, goûte l'immensité. Longtemps, il s'étiole dans la rétine, dans l'ego qui se morcelle, comme le souvenir du souvenir d'un souvenir. Cette couleur s'est éteinte qu'elle fait trembler encore.

Le noir est perçu quand il est installé depuis longtemps.

La folie du noir avale, absorbe, efface ce qui l'a précédé, relègue formes et couleurs au rang des illusions et des rêves. S'impose et subsiste seulement le noir.

La descente, à peine commencée, se poursuit.

La sensation de chute ne se termine jamais.

Car la mer n'a pas de fond tangible. Les pieds gourds ne rencontrent rien. Parfois se constitue un mirage de plancher, mais ce sol se désagrège et de nouveaux gouffres s'ouvrent, insoupçonnés. L'abyssal appelle, aspire toujours plus bas, mais ne révèle jamais son aboutissement.

Depuis des siècles, en continuelle descente, une femme s'enfonce dans l'abîme marin. Elle crie probablement, hurle de rage et d'effroi et de haine, mais sa voix se perd dans l'indifférence de l'eau.

Sachez ceci.

À l'aube des temps, quand l'humanité n'avait pas encore prévu se raconter elle-même, une femme a été noyée. Une seconde avant l'invention du mal, quand le vivant était béni d'ignorance, quand le bonheur et le malheur ne se distinguaient pas, une femme a été bannie de la lumière, expulsée de la communauté humaine. Aucun trou ne semblait assez creux pour l'y coucher entière, elle et sa fièvre, aucun humus assez lourd pour la couvrir. Ses ennemis ne trouvèrent qu'un ventre suffisamment profond pour l'avaler : celui des eaux.

Voici les versets que la Genèse n'a pas voulu conserver.

Au début de tout, avant que le Créateur ne daigne se détourner de lui-même pour regarder son œuvre et la trouver bonne, une femme a été maudite. Non pas par Dieu, mais par l'homme : le père, l'époux, le frère — le fils excepté, cette femme n'ayant pas eu l'occasion d'en mettre un au monde. La trinité des hommes, déçue, frustrée, dégoûtée par elle, l'a jetée dans la mer, espérant que ce monstre ancien saurait la contenir. Ils ne soupçonnaient pas encore la mortalité, ne pouvaient se figurer la nature de l'assassinat qu'ils commettaient. Conséquemment, en leur conscience et face à Dieu, ils n'ont commis aucun crime.

La première coupable, c'était elle. Femme de corps mais non d'esprit, elle s'était avouée incapable de se sentir femelle, d'agir femelle, d'avoir l'âme femelle. Elle avait clamé ne pas pouvoir tenir le rôle qui lui était assigné de nature. Se tenir en dessous. Plier la tête, ouvrir son ventre, cacher son sang. Deviner, attendre, compenser. Se donner, cyprine et lait. Écouter les voix graves sans connaître sa voix propre.

Elle s'était déclarée non-femme, les hommes l'ont exilée le plus loin possible d'eux, à l'opposé de la terre ferme : sous les eaux.

Que chacun l'apprenne : dans le silence précédant l'histoire, dans cet espace aveugle auquel tout se rattache en rhizome, il y a eu une noyade.

Une noyade parfaite, car inaboutie, en perpétuelle réalisation. Parfaite parce que muette.

Ceci, qui a eu lieu, n'a été consigné nulle part, pas même sous forme de remords dans le cœur de ceux qui ont commis l'acte. Plus tard, quand le passage du temps s'est mis à éroder la mémoire, quand l'impératif d'écrire l'humanité croissante s'est imposé, il n'a pas semblé nécessaire de conserver de traces de l'événement. À l'image de la femme qu'il concernait, le récit a été englouti dans l'insonore et l'invisible, dans l'inracontable.

Mais la mémoire coule, visible ou souterraine, et ne se tarit jamais.

La noyade primordiale se poursuit, ses échos persistent. La Noyée elle-même, la Grande Noyée archaïque, s'est incrustée dans cette part de l'esprit qui sait sans savoir.

Ainsi, si chacun la pressent au fond de ses entrailles, aucun ne peut la nommer.

Escamotée des grandes écritures, son histoire nous est parvenue par bribes à peine intelligibles. Elle a voyagé, coriace, à travers les époques et les cultures, par le truchement de rumeurs, de cauchemars, de superstitions, de murmures apocryphes et cabalistiques. Elle n'a pas été couchée sur les pages officielles, comme l'amante n'est jamais couchée dans le lit conjugal, mais a chevauché la tranche des livres, sauvage, souveraine. Son insoumission et son châtiment inextinguibles. Son ombre, un soupçon implanté dans le cœur.

Une femme s'enfonce. En ce moment encore, toujours.

L'eau ne la dissout pas. Le temps ne l'anéantit pas. Elle est l'agonie sans la disparition. Irréductible. Car la douleur pure ne peut s'éteindre. Au fond des poumons subsiste toujours un dernier filet d'air, au fond de l'esprit brisé subsiste toujours un noyau de vouloir, une semence qui germe, s'assèche et se ressème continûment, un insecte que le dégoût écrase à répétition, incapable de l'éliminer tout à fait.

À jamais noyée, elle est Celle qui est, silencieuse mais hurlante.

# Écho II

☿

Astre noir.

Le destin de la femme noyée est jumeau de celui de la Lune.

Expulsées de leur milieu d'origine aux temps immémoriaux, recrachées dans un espace de terreur et de froid où il aurait été plus naturel de se laisser annihiler, elles ont trouvé moyen de perdurer, sur l'exacte limite entre l'élan du rejet et le point de destruction, en équilibre fin, à la périphérie, où elles sont condamnées à errer en cercles, prédatrices rôdant autour de leur proie, amantes rivées à ceux qui les ont trahies.

Déchirées par le vide, elles se sont façonné deux visages. Un premier, mélancolique et clair, que l'on peut apercevoir entre deux rêves, la nuit. Un second, de pure obscurité, qui ne se contemple jamais que les yeux fermés.

La Lune et la femme maudite, depuis la genèse du monde, sont intimement liées. L'une, issue de l'océan, conserve un ascendant sur les marées qui l'ont vomie. L'autre, excommuniée du monde des hommes, garde une emprise féroce sur leur âme, qu'elle aspire, broie et avale.

Le prophète Élie marchait un jour et la rencontra. Il lui dit : « Être impur, où vas-tu ainsi ? » Elle lui répondit : « Je vais à la maison d'une femme qui vient d'accoucher afin de l'empoisonner pour lui voler son enfant, boire son sang, sucer la moelle de ses os et dévorer sa chair. » Élie dit : « Au nom de Dieu, je te le défends ! Sois transformée en pierre. » Elle lui répondit : « Seigneur, délivre-moi et je jure devant Dieu de m'abstenir de toute action mauvaise, de me retirer et de me tenir loin de quiconque écrit ou prononce mes noms. Je jure de te les révéler. Que mes noms soient exposés dans la chambre des femmes en couche et des nourrissons, et aussitôt je m'enfuirai. Voici mes noms : לילית, Abikar, Amorpho, Hakash, Odam, Kephido, Ailo, Matrota, Abnoukta, Satriha, Kali, Batzeh, Talto, Kitsa, Izorpo, Koko, Ita, Podo, Kea, Partasah... »

Bol d'incantation araméen babylonien

*Heure du diable, maison de Sylvette*

Que fais-tu, Sylvette ?

Une expression égarée déforme son visage. La brume se dissipe de son champ de vision, la réalité refait surface. Elle est seule, debout dans l'obscurité. Ses yeux ahuris parcourent la surface du poêle, au-dessus duquel ses mains ouvertes planent comme deux oiseaux marins. Son regard s'accroche à la bouilloire qui bruisse doucement, dont le bec émet un filet de vapeur.

Du thé, se répond-elle, mais cette évidence la rassure peu.

La chaleur a dû l'engourdir, elle a peut-être somnolé. Sa jupe, frôlant la fonte du poêle, est devenue brûlante. Sylvette se retourne pour consulter l'horloge. Trois heures du matin : il ne s'agit sans doute pas de thé, mais de tisane. De mélisse, à en croire les tiges fraîches laissées sur le comptoir.

La vieille femme se palpe distraitement la gorge, son œsophage et sa bouche sont secs, irrités.

Oui, je me souviens : Marie-Morgane m'a dit avoir soif.

Elle dépose les feuilles au fond de la théière, y verse l'eau bouillante.

La cuisine est plongée dans la noirceur, le poêle diffuse un faible halo orange.

Petit à petit, Sylvette se rappelle la parenthèse des dernières minutes, épisode somnambule au cours duquel son corps ne lui a plus vraiment appartenu. Son invitée a exprimé un simple désir et Sylvette s'est empressée, réduite en marionnette, dans une sorte de transe, à la servir. La sirène a refusé le lambig après l'avoir seulement reniflé. Le lait n'était plus assez frais pour être offert. Sylvette lui a donc proposé une infusion et lui a présenté toutes les herbes que recelaient ses réserves : sauge, camomille, verveine, ortie. Marie-Morgane les a senties une à une avec un dédain enjoué. Puis elles sont, apparemment, sorties dans la nuit, ont cherché de l'eau douce à la fontaine, choisi parmi les herbes cultivées dans des caissons de bois sur le côté de la maison.

Sylvette se rassure : sa conscience n'a connu qu'une courte éclipse. Rien d'inquiétant, rien d'anormal à cette heure de la nuit.

La mélisse colore lentement l'eau.

Mais avant ce moment flou ? Entre minuit et trois heures du matin, il avait bien dû se produire quelque chose. Elle grimace, cherche à reconstituer le fil des heures, aucune image ne lui revient.

Allons, souviens-toi : juste avant que Marie-Morgane te dise avoir soif, elle...

En quelle langue, Sylvette ?

La vieille se rigidifie. Ses yeux s'arrondissent.

En quelle langue t'a-t-elle parlé ?

La théière tombe brusquement sur la table en vacillant un demi-tour sur elle-même.

Sylvette se laisse choir sur une chaise. Son visage blanchit, ses bras ballent à ses côtés. Elle m'a parlé. Que m'a-t-elle dit ?

Des échos résonnent à ses oreilles. Lointains, étouffés.

Oui, elle en est certaine tout à coup : elles ont eu une conversation. Animée, touffue, renversante. Les murs l'ont entendue. Une partie de son cerveau en reste imprégnée.

Sylvette se concentre. Croit réentendre le son de deux voix qui se répondent. Elle perçoit la musicalité des phrases, mais les mots sont assourdis, comme si la conversation avait lieu, actuellement, de l'autre côté du mur. L'une des voix — la sienne — est éraillée d'excitation, plus aiguë que d'habitude. Ses intonations sont émotionnelles, modulées par l'interrogation, la surprise, la frayeur. Son débit est rapide, entrecoupé de bégaiements. L'autre voix répond avec un calme qui détonne. Elle a quelque chose de mielleux, une douceur qui traîne. Son timbre est plutôt grave. Les deux voix s'alternent, ne se chevauchent jamais, jouent ensemble une mélodie un peu dissonante. Deux instruments de musique mal accordés.

Sylvette prend une inspiration tremblotante, sa main triture sa jupe.

Que m'a-t-elle raconté ?

Des images la hantent. Des trombes d'eau. Des murs opaques, un plafond lourd : une cage d'eau. La noyade, l'exil sous-marin, la rage, la douleur. Sylvette se frotte le visage. Oui, nous avons parlé, abondamment, jusqu'au vertige.

Des bribes de phrases se cristallisent dans son esprit : quelque chose au sujet du père, du frère et de l'époux, comme une trinité maudite. Le père, le frère, l'époux, mais pas le fils, spécifie-t-elle en levant un doigt, essayant de fixer dans l'air les confessions étranges qui aussitôt se défont, s'évaporent.

Elle fronce les sourcils, son front fait un nœud dur, un mal de tête veut s'installer. Le tissu fragile de sa mémoire se défile tout à fait. Leur conversation se perd comme un rêve qu'on oublie dès l'éveil.

Les feuilles infusent, puis Sylvette se laisse porter par les gestes automatiques, verse la tisane, pose la théière, insère ses doigts dans les anses, transporte les tasses avec précaution.

Dans le salon, plus d'idole endormie, mais à nouveau cette reine hautaine, taciturne. À la regarder, impossible de concevoir qu'elle ne lui ait jamais adressé la parole. Marie-Morgane, mollement allongée dans son fauteuil, la fixe de ses yeux noirs. Une aura de fièvre illumine son visage. Derrière ses reins endoloris, elle a glissé une couverture de laine comprimée en coussin, elle a aussi placé un oreiller sous ses pieds. Dans le clair-obscur, ses orteils semblent tordus de douleur, tachetés d'ecchymoses.

Elle souffre, songe Sylvette avec un enthousiasme morbide qui la surprend elle-même. Son corps n'a pas l'habitude de son propre poids ni du contact au sol. L'air l'écrase, les surfaces la blessent.

Mon monde est son enfer.

Sans un mot, elle lui présente la tisane. Marie-Morgane se redresse dans son fauteuil, esquisse un sourire et la vieille femme se prend, durant quelques secondes, à désirer l'apparition des dents, à se les imaginer laiteuses, pointues, en rangées droites sur les gencives. Et l'idée de sa langue, soudainement, l'enflamme. Sylvette tangue. Croit voir entre les lèvres se glisser, sinueuse et fine, une langue fourchue de serpent. La tasse de mélisse tremble. Mais le sourire de Marie-Morgane est ténu, ses lèvres résolument cousues l'une à l'autre ne s'entrouvrent pas. Rien n'est dévoilé : ni le fabuleux intérieur de la bouche ni la possibilité d'une voix.

Les doigts de la sirène effleurent la tasse, s'y brûlent, elle rétracte sa main. Sylvette dépose la boisson sur la table d'appoint et se dépêche de se réfugier dans son propre fauteuil. Là, hagarde, elle sent la fatigue s'abattre sur son corps.

Le clapotement de la pluie s'est atténué, le tic-tac du pendule emplit la pièce. Sylvette, ignorant combien de temps elle pourra combattre le sommeil, s'empare de son calepin dans l'intention d'y noter ses impressions avant qu'elles ne s'ensevelissent sous les prochains étonnements.

Marie-Morgane contemple la vapeur, hume sa tisane à distance. Elle pose un doigt hésitant sur le rebord de la tasse, le plonge dans l'eau brûlante. Sa tête se renverse, ses jambes se tendent, elle pousse un gémissement. Puis, elle émet une succession de hoquets à peine sonores, une ébauche de rire. La tête rejetée par-dessus le dossier, elle se laisse secouer par ce gloussement troublant, respire fort, recommence à rire. Son doigt, peut-être déjà insensibilisé à la chaleur, ou agréant la torture, ne se retire pas de la tasse.

Après quelques instants, elle s'immobilise tout à fait.

Sylvette saisit son crayon, appuie la mine sur le papier, mais n'écrit pas : elle dessine. Elle entreprend le croquis de ce corps époustouflant, débordant du fauteuil, poitrine arquée, gorge superbe, un bras pendant de l'accoudoir, le fessier si près du bout du siège qu'un des genoux frôle le sol, tandis que l'autre pointe le plafond.

Plusieurs minutes, elle frotte la mine sur la feuille, aveuglée par une forme de convoitise, le besoin de reproduire sur papier ce qu'elle observe, afin d'en faire sa possession. Elle retrace les courbes, creuse les ombres, estompe du bout du doigt, corrige les angles, incapable de saisir cette grâce désarticulée, cette poésie insolite, tourne et retourne son calepin pour mieux voir. Une détresse irrationnelle s'empare d'elle. Le dessin se charge, se tache, s'enlaidit.

Sylvette arrache la feuille, la tend à bout de bras. Un monstre. Voilà ce qu'elle a dessiné : un corps grossier, tordu, inhumain.

Toute cette laideur, produite par sa main, la submerge. Elle laisse s'échapper le dessin, qui tombe et se glisse sous son fauteuil.

Son esprit s'emballe.

Je n'y arrive pas. Je n'y arriverai pas.

Dieu créa donc l'homme à son image, il le créa à l'image de Dieu : il les créa mâle et femelle.

Genèse, 1 : 27

Et le Seigneur Dieu forma la femme de la côte qu'il avait tirée d'Adam, et il l'amena vers lui.

Genèse, 2 : 22

*Avant l'aurore, devant le foyer de Sylvette*

Un sifflement brise le silence. Sylvette tourne la tête pour déterminer d'où il provient. Les chandelles se sont presque toutes éteintes, la dernière porte une petite flamme bleue qui s'amenuise de seconde en seconde. Bientôt, la mèche courbée s'affaisse dans la mare de cire et le feu s'étouffe. La pénombre lavande est uniforme.

Le bruit surgit encore, accentué. Sylvette prend conscience du froid qui l'engourdit. Et son oreille s'aiguise : c'est le foyer qui geint. Avec langueur, elle pivote dans son fauteuil, écrase son visage contre le dossier et fixe l'âtre. Tandis que l'intérieur de sa maison se grisonne de lumière, le foyer reste un gouffre noir où sa vue se perd. Ses paupières tendent à se fermer.

À nouveau, la voix stridulante s'élève. Cela ne ressemble pas au son du vent dans la cheminée, mais évoque plutôt le cri d'un petit animal à l'agonie. Et comme Sylvette, lasse de lutter, commence à s'enfoncer dans le rêve, elle se dit : on croirait des hululements de femmes dans le lointain.

Le sifflement s'amplifie, prend une texture de plus en plus humaine : il s'allonge dans un souffle impossible, un mugissement qui cherche à aboutir en rire ou en sanglots sans y parvenir. Sylvette se penche vers le foyer.

Dans la bouche de noirceur se découpe une forme obscure, une silhouette un peu difforme, qui ondule et s'enfle. La voix émerge de cette chose. La vieille femme cligne des yeux. L'âtre semble s'être ouvert en tunnel et, au bout d'un interminable couloir de noirceur, une forme avance.

Bientôt, elle discerne non pas une, mais deux silhouettes, accrochées l'une à l'autre d'une manière incompréhensible. Deux femmes qui se tiennent par la main, encore minuscules dans la distance, uniquement vêtues de leur longue chevelure. La première a une peau de lait et des cheveux blonds. La seconde, une peau bleuâtre, les cheveux couleur de sang, et se déplace à l'envers, tête rasant le sol, pieds dans les airs. Sœurs mais foncièrement opposées, les deux râlent, ricanent, geignent, bêlent et poussent des cris de chouette tout à la fois.

Elles avancent, grandissent, si bien que leur taille égale bientôt celle du foyer malgré leur éloignement. Elles fondent droit devant, coulent de leur monde vers le salon de Sylvette, sans la quitter des yeux. Leurs cheveux, leurs membres, leurs expressions se détaillent. La façon dont elles se tiennent la main est répugnante : la femme inversée enfonce ses ongles dans la peau de l'autre qui saigne en souriant. Graduellement, leurs cris se transforment en une sorte de chant primitif à cent voix, assourdissant. Le cœur de Sylvette ne bat plus, se crispe à répétition.

Celle-là, la blanche, c'est Ève. Pour une raison abstraite, Sylvette en est convaincue. Ève, compagne d'Adam, mère des vivants, celle que l'on nomme la première femme, émerge du foyer. Elle a le regard clair, les pupilles étriquées comme des trous d'aiguille. Ses épaules s'inondent de cheveux mielleux. Son sourire figé révèle des dents enfantines, espacées, baignant dans la salive. Il y a quelque chose d'émouvant dans le renflement de son bas-ventre et la rondeur de ses seins. Une enfant, plus que candide, en grossesse éternelle. À plusieurs endroits, sa peau devient si diaphane qu'elle dévoile l'arborescence des veines : au creux des coudes, au coin des yeux, en soleil autour du nombril. Marionnette de porcelaine, elle tremblote sur ses chevilles, ses genoux flageolent, mais toujours elle avance, pratiquement soutenue par l'autre qui pourtant lui déchire la peau.

L'autre…

… n'a pas de nom.

Au ras du sol, ses yeux brasillent. Son sourire inversé perturbe. Sylvette a le sentiment cuisant de devoir la reconnaître. Elle maudit sa culture défaillante, cherche dans la part la plus viscérale de sa mémoire, mais reste dans l'incapacité de la nommer. Emportée par son intuition, elle improvise une litanie de noms qu'elle s'entend prononcer à voix haute, possédée : Celle qui est sombre, l'Adversaire, la Mère du renversement. Tandis qu'Ève youyoute et roucoule d'une manière de plus en plus affligée, l'autre grince : des dents, des cordes vocales, de tous ses membres qui électrisent l'air. Elle écrase le ciel sous ses talons. Le piétine. Elle est animosité et désir. Ses mouvements ont quelque chose d'animal, d'onctueux, d'autant plus lascif que sa posture fait en sorte qu'elle ne vous aborde non pas du visage, mais du pubis.

Elles veulent… d'une même voix, elles veulent clamer, dénoncer, propager, prêcher, blâmer, confesser une chose que leur surcharge d'émotions embrouille et rend terrifiante.

Sœurs liquides, double poison, déesse à deux corps, elles se déversent dans le salon, se gigantisent, comblent l'espace du plancher au plafond. Insupportablement proches, penchées sur Sylvette, les monstresses continuent de se mouvoir dans un grotesque surplace : leurs jambes enchaînent les pas dans le vide, sans se lasser, cheminant côte à côte à perpétuité.

Renfoncée dans les coussins, Sylvette lève un bras ridicule pour se protéger, pousse un geignement que le vacarme avale.

Les voix se taisent, les apparitions se dissipent.

L'humidité transperce Sylvette. Vautrée dans son fauteuil, la vieille femme ouvre les yeux et constate le calme complet qui règne dans sa maison. Son cœur affolé lui martèle l'intérieur.

J'ai dormi, se dit-elle, incrédule.

Les accoudoirs se sont imprimés dans ses os, son dos rouillé semble avoir fusionné avec le dossier. Elle se repositionne de peine et de misère, masse ses yeux durs comme des galets. Se tourne avec affolement vers le foyer.

Rien. Que la pierre froide de l'âtre, un peu de cendre sous les chenets. Du silence.

Écœurée par sa nuit, Sylvette décide de se lever, de bouger pour dissiper son cauchemar. À peine tente-t-elle de se hisser debout qu'elle sent un objet glisser de ses cuisses et culbuter vers le plancher. Sans le voir, elle essaie de le ramasser, mais la fatigue joue contre elle et, comme une vague, la replaque dans son fauteuil.

Incapable de mieux, elle se contente de reprendre ses esprits assise, en contemplant son salon. Dans l'ombre pastel qui précède l'aurore, son mobilier se profile doucement, les masses s'éclairent, les angles se précisent. Marie-Morgane, inerte, l'air paisible, occupe pratiquement tout son champ de vision.

Au mur du fond, la bibliothèque émerge de la noirceur et révèle qu'elle a été remuée. Plusieurs livres ont été pris puis rangés de travers, d'autres sortis des rayons pour être empilés sur un tabouret.

Sylvette plisse les yeux pour déchiffrer les titres sur les reliures, n'y parvient pas.

Des lectures ont eu lieu durant la nuit. En sa présence, forcément. À voix haute, à travers son propre gosier, dans le plus probable des cas. Mais elle n'en a pas eu conscience.

La perte de contrôle commence à l'effrayer. Elle serre les accoudoirs, ses jambes remuent avec nervosité. Du bout du pied, elle heurte l'objet qu'elle a laissé tomber plus tôt. Sylvette étire le cou et constate qu'il s'agit d'un livre dont la couverture est si râpée qu'on peine à y lire le lettrage doré. Elle reconnaît son exemplaire de la Bible qui écartèle ses pages sur le plancher. Relique héritée de mère en fille, usée par tant de mains, sauf les siennes. Contrant ses courbatures, elle se penche pour cueillir la masse de mots archaïques qui trônait, bizarrement, sur ses genoux.

Sylvette caresse la couverture qui pèle par endroits, fait tourner les pages en éventail, le papier embaume une vague odeur d'amande. Elle constate que tous les signets ont été insérés avec soin au même endroit. Cherche ses lunettes de la main sur la table d'appoint, dans ses jupes, les retrouve derrière son dos, sur le siège. Elle les enfile. Ouvrant au début de la Genèse, elle découvre avec un étonnement grandissant que deux versets ont été grassement soulignés au crayon de plomb, celui-là même qu'elle devait tenir à la main avant de s'endormir. À peine éloignés l'un de l'autre, les versets se font pratiquement face dans le livre ouvert.

Ils concernent la création de la première femme.

La vue de Sylvette s'embrouille. Elle a envie de jeter la Bible à bout de bras. Elle se fait violence, s'oblige à lire et à relire les deux passages soulignés, à parcourir le texte qui les relie, sourcils froncés, joues frémissantes, jusqu'à ce que l'illumination ait lieu.

*Deux fois.*

La femme originelle est créée deux fois.

Ses mains froissent le papier.

Au sixième jour de la création, la femme est d'abord modelée dans la glaise, tout comme l'est son compagnon, Adam : « Il les créa mâle et femelle. » Égaux dans leurs origines argileuses. Égaux dans la chronologie des choses. La vie leur est insufflée par les narines, puis le couple est prié de se multiplier pour couvrir la surface de la Terre. Advient alors le septième jour, moment auquel Dieu songe, tout à fait hors de propos, qu'il n'est pas bon que l'homme soit seul. Comme si, entre-temps, la première femme avait été perdue, effacée. Il plonge Adam dans le sommeil et soutire Ève — une seconde Ève — de sa côte.

Son cauchemar bourdonne dans l'air. Un cri d'effraie transperce son salon. Dans son esprit tournent deux visages, souriant à l'endroit et à l'envers.

Une première femme, inadéquate, évincée dans le secret de la sixième nuit. Suivi d'une seconde, subordonnée de nature, née à genoux. Non pas tirée de la terre, mais d'une côte de l'homme.

La seconde, par une permutation discrète, est instituée première. Mais la première n'est pas déclassée seconde. Non, elle devient étouffement, honte, tache aveugle. Elle devient *l'Autre*. Celle qui n'a pas de nom.

Sylvette ferme la Bible dans un claquement.

*Noyée.*

Elle le devine, du fond de ses entrailles : l'autre a, bien entendu, été noyée.

Peau bleue, cheveux sanglants.

Un souvenir — véritable ou factice, la distinction n'est plus possible désormais — jaillit alors des eaux troubles de sa mémoire. Elle croit revoir Marie-Morgane, assise bien droite au bout de son fauteuil, expressive, les joues rougies d'émotion, ses mains emplissant l'air de gestes, lui raconter cette histoire. La lui montrer. Pointer du doigt les versets de la Bible, la supercherie originelle. Détailler l'inconcevable. Sylvette s'entend même s'exclamer : « Oui, comme je le pressentais depuis toujours ! »

Tout se divise, s'effrite, se défile.

La vieille femme s'extirpe de son fauteuil, traîne le pas jusqu'à sa cuisine.

Une clarté bleue baigne la pièce, les assiettes de faïence scintillent du haut du vaisselier, la table réfléchit les lueurs de l'aurore comme un lac d'eau calme. Harassée de fatigue, elle appuie ses mains sur le dossier d'une chaise, courbe le dos, laisse baller sa tête entre ses épaules. L'idée de profiter de ce moment de tranquillité pour se nourrir lui tord l'estomac, l'appétit n'est pas au rendez-vous. Son regard se perd dans le rectangle lumineux du bois verni.

Quand elle sort de sa rêverie, Sylvette réalise que Marie-Morgane se tient tout près d'elle, dans son dos, juste à côté de l'armoire de merisier qu'elle dépasse, sa tête frôlant la poutre centrale de la maison. Son corps géant semble tendu. Encore une fois, Marie-Morgane donne l'impression d'attendre, impatiemment.

Sur un fond de vigueur dont elle ignorait disposer, Sylvette se redresse, secoue sa tresse blanche.

« Continuons », lance-t-elle simplement, elle-même accablée par sa proposition.

Au même instant, un bruant lance un premier cri matinal. Quelques secondes plus tard, d'autres cris hésitants percent l'air.

« Le premier jour est terminé, annonce Sylvette. Deux autres encore me sont dus. »

# Deuxième jour

## Adoration

Sous l'ondoiement des courants, mousselines aquatiques, drapés d'algues, elle est voilée. Mouvante, à peine discernable. Seule sa silhouette se devine, féminine et géante. Vaguement bleue, tel que l'est tout corps que la distance désincarne. Bleue, de la fausse nuance de l'eau qui, une fois recueillie au creux des paumes, révèle sa transparence. Bleue, de la teinte fantôme du ciel, en vérité incolore.

Sans couleur. Aucun nom ni identité claire.

La femme noyée n'a pas de visage. La voracité de l'eau l'a effacé. Le poids des siècles l'a oblitéré. Même pour le regard le plus avide, le plus pénétrant, elle est dépourvue de traits.

On ne peut l'adorer qu'à l'aveugle.

•

Sans relâche ni apaisement, des mains dévouées cherchent son visage. Creusent le bois, plissent l'argile, reforment les densités du roc, vénèrent la possibilité même d'extraire sa figure de la matière. N'y parviennent pas. Image immodelable. Des mains amoureuses désirent tenir l'ovale de ses joues, effleurer ses paupières. Brûlent de sentir le renflement de ses lèvres, de caresser le faîte de son nez, de parcourir le bombé de son front. De dénuder son visage caché dans les substances palpables. Mais elle se dérobe, résiste à la connaissance.

## Lettre sans but III

Mon deuil s'étire sur des semaines que je ne compte plus. Encore et encore, je plonge mes yeux dans la mer, malgré moi je t'y cherche. Ton corps se désagrège dans le brassage des eaux, se déchire, se disperse, impossible à enterrer. Dissous dans la mer, emmerré.

Digéré par elle.

Ma vie, dès à présent, est trop longue. Le temps qu'il me reste ne m'intéresse pas. Je me remémore le passé, il m'apparaît dénué de sens. Mes secrets ne signifient plus rien. Alors je relâche tout, je jette mon vécu à l'eau, le laisse se fracasser sur ton absence.

Écoute, Merwen, maintenant que tu n'as plus d'oreilles. J'ai une confession à te faire, que tu attendais sans le savoir. Je m'ouvre enfin, là, assise face aux vagues, parce que je sais qu'elles n'ont qu'une tâche : effacer les histoires, les unes après les autres, inlassablement. Faire triompher l'oubli, la seule paix possible.

Si seulement l'oubli pouvait m'être promis.

Du haut de la falaise, à une distance intenable de toi, j'essaie de te libérer, d'adoucir ta souffrance. Mon fils, pour mieux comprendre l'enfer où tu te décomposes, peut-être te faut-il commencer par savoir d'où tu viens.

Tes racines sont nombreuses et pleines d'étrangeté. Il aura fallu que deux incidents improbables se conjuguent pour te donner forme. D'abord, ma rencontre avec la *morganez*, à mes quatre ans, sur la plage de Kervel. Ensuite, mon péché de jeune femme, mon acte de volonté qui a brisé l'état de grâce dans lequel vivait ma famille depuis des siècles.

Ta naissance, à elle seule, aurait dû m'inquiéter. J'aurais dû reconnaître le mauvais augure. Un fils, un seul, dans toute ma lignée. En amont et en aval, un seul mâle parmi nous. Comme une anomalie, une singularité suspecte. Merwen, n'en as-tu jamais pris la pleine mesure ? Tu descends d'une marée de femmes. Tu viens de mères qui, avant moi, n'enfantaient que des filles ou bien n'enfantaient pas. Un mauvais sort, auraient dit nos maris, privés de descendance masculine, si seulement ils avaient su notre secret. Une bénédiction, nous chuchotions-nous entre aïeules, tantes, sœurs et cousines, ravies de notre préservation obscure, de ce don que nous nous transmettions.

Voici ta substance d'origine, la fibre dans laquelle tu as été façonné : une féminité souveraine aux racines profondément enfoncées dans la Cornouaille. Un absolu de féminin que nous chérissions et conservions caché.

Et c'est moi qui ai rompu le charme.

Comment nommer ce que nous étions ? Cette préciosité du sang. Quel nom aurait pu porter notre clan si nous avions pu, de mère en fille, nous léguer une façon de nous désigner, une sorte de matronyme ? Un nom, je crois, nous aurait renforcées.

Après des années de mariage, à mon retour en Bretagne, encombrée d'un petit sauvageon mais délestée d'un époux, j'ai repris fièrement mon nom de jeune fille. Luzel. Audace terrifiante à l'époque. Audace insignifiante.

Rêve impossible de porter un nom qui serait vrai. Pour l'authenticité du geste, il aurait fallu que je réclame celui de ma mère, née Anaïg Gouzien. Mais, vois-tu, Merwen, aussitôt s'annonce l'impasse : dans un ordre féminin des choses, mamie Naïg n'aurait pas été Gouzien, mais bien Morvan, comme l'était sa mère. Qui en fait aurait été Le Gall, en héritage de mon arrière-grand-mère, qui aurait plutôt été Mévellec, comme sa mère, cependant née Kerbrat.

Le labyrinthe des noms se perd à l'infini.

Les femmes sont coupées de leur source, incapables de savoir qui elles sont. Elles connaissent leur dernière mère, mais jamais la première.

Et toi, fils d'une légion de femmes, tu n'étais pas véritablement un Luzel, cela je le concède, mais encore moins un Courbin, comme tu l'as cru jusqu'à ta mort.

Ton père, Merwen, le grand vide de ta vie, le mystère de ton nom, il faut que tu le saches : tu ne l'as jamais connu.

C'est sur ses traces que tu as cru partir quand, à tes vingt et un ans, tu as laissé derrière toi ta mère et la Bretagne pour rejoindre son atelier à Paris. Tu t'es réimplanté dans ces mêmes lieux que je m'étais acharnée à quitter. Après autant d'années, de bien maigres reliques t'y attendaient, empoussiérées : deux ou trois toiles inachevées, des restes d'amitié et d'estime artistiques dont tu escomptais hériter. Sans hésitation, tu as troqué ton nom breton contre un simulacre de nom à la parisienne : Marvin Courbin. Outrageante suite de syllabes que je n'ai jamais daigné prononcer jusqu'ici. Marvin Courbin. Tu as voulu te ranger sous l'ombre de ton père, t'élancer sur sa voie. Les pinceaux n'ont pas tenu longtemps entre tes doigts.

Comment les choses auraient-elles pu se passer autrement ? Tu ne lui ressemblais en rien. Comment peindre aurait-il pu te satisfaire ? Appliquer, par gestes délicats, des pigments sur du canevas, quand tes mains rêvaient d'empoigner la matière, de la façonner, de la tordre. Il te fallait la glaise, le bronze, le marbre, la sueur, les maillets, les blessures. Combien t'es-tu épanoui quand, enfin, tu as embrassé ton vrai art : ton visage s'est métamorphosé, embelli, comme si la sculpture, en inversant les rôles, t'avait elle-même remodelé.

Tu as besoin de savoir, Merwen. Ma confession a trop tardé. Il est grand temps. Voilà, je m'exécute, je lance de vieilles vérités à la mer, fleurs fanées dans ta fosse. Qu'elles t'apaisent un peu. Disparaissent avec toi.

Je me souviens.

Je me souviens du jour où j'ai rencontré celui que, pour une certaine durée, tu as appelé papa, et moi, mon mari. Il y a si longtemps, une autre vie. C'était à la fin du mois d'avril 1898. Date qui a chaviré mon existence. Tout me revient : la lumière franche juste avant le midi, la brise soulevant ma jupe, le picotement des embruns sur mes mollets et cette sensation unique au printemps, un baiser froid dans le cou. Et le bleu glorieux, tellement de bleu. Je me souviens, mais, étrangement, les images que je revois ne m'appartiennent pas, elles ont ceci de particulier qu'elles représentent son point de vue à lui, en surplomb, depuis la falaise. Je repense à ce jour et je me vois, telle qu'il m'a découverte : blonde, perchée sur un rocher, le teint clair, les seins généreux sous ma chemise un peu défaite. Moi, à mes seize ans, encerclée par les vagues, pieds nus dans les algues, inapprivoisée.

Je me souviens de la façon dont il m'a vue. Car c'est précisément cela qui m'a attachée à lui : son désir immédiat, le fléchissement de ses genoux, la dévotion sur son visage. D'un seul regard, cet éperdu m'a consacrée femme, plus puissante que je soupçonnais l'être. Il s'est abandonné entre mes mains que je n'avais pas encore pris la peine d'ouvrir. Albert Courbin, mariniste explorant les côtes du Finistère, portant sur le dos son encombrant attirail de peinture, époustouflé par la beauté bretonne. Il pourchassait les caprices de notre mer, mais s'est arrêté au bord de la falaise, cheveux ébouriffés par le vent, envahi par un sentiment que je l'ai laissé nommer amour. Du haut de ses trente-neuf ans, de son éducation, de son lignage, de son statut d'homme, il a cru me choisir. Et j'ai eu la finesse de ne pas le détromper.

Nos noces ont eu lieu moins de trois mois plus tard à Quimper, sous la bénédiction de mon père et le regard moqueur de mes sœurs, dans une précipitation frôlant le ridicule. Pauvre Albert, son visage congestionné d'émotion quand il posait les yeux sur moi, ses prises de parole s'effondrant souvent en bredouillements, ses mains fines effrayées par ma peau. Une fois la fête terminée, il m'a emmenée loin de tout ce qui faisait mon bonheur et ma solidité, dans le quinzième arrondissement de Paris, parmi les salons et son petit cénacle d'amis.

Et j'ai été, l'espace d'un rêve assez troublant, Sylvette Courbin.

Enfant, quand tu m'examinais, si bien acclimatée au rudimentaire et bourrue, tu riais à l'idée que j'aie pu autrefois mener une vie citadine. Douze ans durant, j'ai été cette autre Sylvette, inimaginable pour toi, et qui me semble à moi-même étrangère.

De cette époque, tu m'as souvent demandé de te parler. Je le refusais catégoriquement.

Tout se produit trop tard entre nous : j'accède enfin à ta demande maintenant que tu n'es plus.

Dans l'étourdissement du début, j'ai laissé mon mari jouer à la poupée, m'enserrer de corsets, me ganter, chapeauter, couvrir de plumes et de broches épouvantables. Hébétée, je l'ai laissé présenter à la ronde son bibelot breton, sa petite nymphe celte, presque exotique, presque civilisée. Mais tu me connais, Merwen, bientôt, les sens me sont revenus. Je me suis mise à résister, et lui, à mollir.

Comment te résumer les choses sans te faire nous mépriser tous les deux ? Nous n'étions pas faits l'un pour l'autre. Ou fatalement complémentaires, si l'on considère notre couple autrement.

Albert, mon tiède Albert, malléable de la peau jusqu'à la moelle. Il s'accommodait de tout, pourvu que je lui en laisse un tant soit peu le temps. Une à une, j'ai négocié des libertés que d'autres auraient trouvées ahurissantes. Plus je me cabrais, plus il m'adorait dans l'angoisse — état qu'il me fallait maintenir. Notre vie commune, perpétuel déséquilibre de forces, s'accordait à nos tempéraments, sans nous combler vraiment. Ce n'était ni le bonheur ni la souffrance : un temps d'apprentissage pour lequel je n'ai pas une once de nostalgie.

Au cours de nos premières années, jamais mon ventre ne s'est arrondi. Neuf ans durant, j'ai endigué la maternité, par volonté pure, mon corps fermé à un fruit qui ne me convenait pas. Trois fois, j'ai perdu en fausses-couches de petits fœtus informes, des agglutinats de sang, pas encore de la vie. Le plus miraculeux est qu'on ne pouvait m'adresser aucun reproche concret, Albert recevait ce que tout homme veut qu'une femme lui donne. Mis à part, bien entendu, ce que je ne donne jamais : mon esprit et mon cœur. Le soupçon de l'infertilité l'a assombri un moment et il s'est bientôt réfugié dans la résignation.

Courbin, nom qui courbe de la tête, qui s'incline, acquiesce plus ou moins béatement. Nom de docilité. De toute mon âme, j'ai résisté pour ne pas te le donner.

Quand je rêvais d'un enfant—car, oui, j'étais femme de tête mais aussi femelle, mes organes désiraient s'accomplir, se rendre au bout de leur cycle naturel—, je n'arrivais pas à me le représenter enseveli sous les dentelles et les rubans, les joues roses, pavané en landau dans les rues de Paris. Non : si je m'abandonnais à rêver d'un enfant, invariablement, je l'imaginais nu, les cheveux cuivrés, les joues sales, courant dans la lande, sur le sable entremêlé de cailloux, se faufilant entre les roches couvertes de balanes et les tapis d'algues glissantes, cherchant les fées dans les houles, embaumant la crasse et l'air salin. Son visage m'importait peu. Quant à son sexe, je ne m'inquiétais pas : seule une fille pouvait descendre de moi. Les seuls détails qui m'obsédaient étaient la nudité, la sauvagerie, les cheveux roux. Et je savais une chose : Albert ne pouvait pas produire cette sorte d'enfant.

Les siens auraient immanquablement été blonds. Blêmes. Fragiles où je rêvais de vitalité, vides où je rêvais de substance.

Seul un autre homme pouvait te donner vie.

Ne t'en es-tu jamais douté, Merwen ? Ton corps deux fois plus puissant que le sien, ton âme à l'inverse de la sienne. Tu ne pouvais pas descendre d'Albert.

Sur quels critères ai-je fondé mon choix ? Qu'est-ce qui m'a poussée vers cet homme en particulier, croisé par hasard près de la Seine ? À vrai dire, bien peu de choses. Des impressions, des sensations qui m'ont paru des signes. Tout d'abord, sa rousseur. L'étoile dans ses yeux. Et son odeur, il faut que je l'avoue. Une odeur que je ne pouvais ni décrire ni raisonner. Persuasive. Non pas perçue par le nez, mais par les pores, par les entrailles. En somme, la banale compatibilité de la chair. Cela et le fait qu'il a acquiescé, doucement, en silence, à ce que je lui demandais. Accueilli ce que j'offrais sans me demander plus.

Aussi, il y avait cette fantaisie de mon cerveau, cette image qui m'obnubilait et m'attachait à lui. Cet homme, de façon puissante, me rappelait un ormeau. Et cela, je me l'explique mal, le rendait irrésistible. Par les yeux de mon sexe et ceux de mon âme, c'est ainsi qu'il m'apparaissait. L'extérieur rude, l'intérieur nacré. La dureté virile et le cœur vulnérable, la carapace et le tendre, oui, comme un mollusque. Et à cause de cette association d'idées, je sentais flotter autour de lui l'émerveillement des pêches à pied de mon enfance, la jouissance, à marée basse, de soulever les pierres et d'y découvrir les mollusques lents, à peine effarouchés, qui semblaient se laisser cueillir tout en le refusant. L'offrande et la résistance. Le coriace et l'humide. L'ormeau. Une sorte d'emblème qui le résumait et le faisait m'appartenir viscéralement.

Le seul à jamais avoir su me toucher.

Cet homme, originaire d'Inverness en Écosse, de très court passage à Paris, dont je ne saurais te parler davantage puisque nous échangions peu de mots, est ton véritable père.

Je prononce son nom à voix haute pour la première fois : Cormag Milligan. La mer l'entend, la mer l'avale, personne ne sait.

Merwen, je suis décevante. Je n'ai pas d'histoire d'amour interdit à te raconter. Aucune passion déchirante, à peine le soin d'un mensonge, aucune dispute conjugale. Presque rien n'a eu lieu. Quelques rencontres furtives durant trois semaines, le chaos des sens, puis la dissolution de toutes traces, le retour à la paix. Et mon ventre qui s'enflait enfin.

Aucun adieu, message, espoir : rien.

Dans mes souvenirs, la période de ma grossesse semble placée sous une cloche de verre. Sérénité, satisfaction, assommement de mon esprit. Le temps ample, le silence intérieur. Convaincue d'avoir obéi à la plus naturelle des lois, je n'éprouvais pas le moindre sentiment de honte ou de crainte face à mes actions. « Adultère » était un mot qui ne me tourmentait pas. Ce n'était pas par faiblesse que j'avais trompé mon mari, mais par principe de souveraineté : pour que mon enfant procède exclusivement de mon intention, qu'il m'appartienne en propre, soit le pur produit de mon instinct. Curieuse possessivité qui m'a désertée à l'instant même où je t'ai mis au monde.

Tu n'as pas pleuré à ta naissance. Moi non plus : le choc était trop grand. Dans la chambre encore moite des heures de travail, embaumée par le sang et la perte des eaux, mes sœurs m'ont présenté mon nourrisson. Mon triomphe et mon échec. Un improbable garçon. Les yeux larges de crainte, les mains tremblantes, elles ignoraient si elles devaient me consoler. Elles ont préféré se taire.

Le charme était rompu. À cause de moi, et pour une raison qui m'éludera toujours, notre fabuleuse succession féminine prenait fin.

Aujourd'hui, je me dis que c'est *elle* qui m'a poussée vers une autre sève, vers sa rousseur préférée, sa souche de prédilection.

Mon existence entière était son monstrueux calcul.

Je n'ai jamais eu à passer aux aveux. Albert a caressé d'une main inquiète ton petit crâne où frisottait un duvet roux. Il n'a jamais osé poser de questions ni douter ouvertement. Quand j'ai proposé un prénom celtique, plus breton que le mien, il n'a pas sourcillé.

Durant les trois premières années de ta vie, il t'a toléré comme sien, sans affection ni dédain particuliers, évitant d'interagir avec toi plus que nécessaire et d'exprimer son opinion sur ton éducation ou ton avenir. En contrepartie, tu le traitais en être invisible, un élément neutre du décor familier. Comme s'il y avait eu une entente tacite entre vous, dès le départ, de n'être rien l'un pour l'autre.

Si bien que le jour où, au bout d'une faiblesse du cœur qui le tenaillait depuis des années, Albert est décédé, avec discrétion, dans son sommeil, j'ai pris la pleine mesure de l'incongruité de sa présence auprès de nous. Et j'ai décidé de ne simplement pas t'annoncer sa mort. Grâce à tes trois ans et demi et à ton caractère, l'événement est passé autour de toi sans t'effleurer. Tu as grandi sans traces de lui, ni dans ton corps ni dans tes souvenirs.

Enfin veuve, au bout de tracasseries funéraires et de mille entraves familiales et légales sur mon chemin, j'ai pu accomplir notre retour en Bretagne. À la seule terre qui soit imprégnée de sens pour moi. Par folie, ce n'est pas à Quimper, auprès des miennes, que je nous ai établis. J'ai choisi Plonévez-Porzay, à quelques pas de la plage de Kervel. Intentionnellement — et cette idée me bouleverse aujourd'hui —, je t'ai rapproché d'*elle*, des côtes où j'avais eu la malédiction de la croiser. Où il me semblait le plus probable qu'elle ressurgisse un jour. À mon instar, tu as appris à guetter l'apparition de la *morganez* entre l'écume et les brisants. Avec moi, tu l'as attendue, espérée.

Dans l'une de ces étranges solidarités que nous avions, mamie Naïg s'est retrouvée veuve elle aussi. Bientôt, elle s'est installée chez nous, dans la petite chambre qu'elle quittait rarement. Ta venue avait interrompu notre lignée matriarcale, mais, sans tarder, une nouvelle horde féminine s'est formée autour de toi. Ta grand-tante Bredig vivant à Trezmalaouen, la bonne Margaid Horéllou et sa vieille fille Goulwena se sont jointes à notre clan de femmes essayant tant bien que mal de t'élever. Nous t'offrions cinq mères à défaut d'un père, surabondance de girons doux et de bras ouverts que tu tenais pour acquis. Tu passais de l'une à l'autre de nos demeures, couchais dans nos lits, mangeais à nos tables, selon ton humeur. Disparaissais la moitié du temps. Baragouinais un breton mêlé de français à peine intelligible, dont nous devinions pourtant le sens.

Tu étais, Merwen, d'une liberté presque effrayante. Détaché de toute personne, absorbé dans ton monde. L'œil pétillant des rêves et des idées qui te traversaient. Pour parvenir à te materner, il aurait fallu de l'acharnement, une sorte de tendresse obstinée, et je n'en avais pas. À ma plus grande consternation, tu étais, mis à part ton sexe, exactement comme je me l'étais figuré : une créature indocile, haïssant les vêtements et les bains, un petit korrigan à laisser s'évader dans la lande. L'enfant de personne. Ni un fardeau ni un trésor, plutôt une énigme, une histoire illisible flottant lâchement autour de la mienne.

Et nous, t'observant de loin mener ton existence opaque, haussions les épaules. Incapables de te saisir, de te prédire, de nous inquiéter de ton sort. Tu semblais si mystérieusement connaissant de ce monde, cuirassé, solitaire. Nous ne pressentions pas le mal venir. Baignions dans l'ignorance.

Cinq femmes pour veiller sur toi, une nuée d'ancêtres féminines te précédant et t'enrobant. Aucune capable de mériter, une seule fois, d'être appelée *mammig* ou maman.

Car aucune d'entre nous ne l'était pleinement.

Merwen, tu as ignoré qui était ton véritable père jusqu'à ta mort. De la même manière, bien que j'aie le souvenir clair d'avoir accouché de ton petit corps et de l'avoir allaité jusqu'au bout de mon lait, j'ai toujours ressenti ne pas mériter le titre de mère. Et je n'ai pas compris qui tenait ce rôle, jusqu'à ce que tu en meures.

Si un nourrisson rit durant son sommeil, ou s'il rit durant son éveil tandis qu'il est seul, c'est signe qu'elle est en train de jouer avec lui, particulièrement si ceci se produit la nuit ou durant la pleine lune. Quiconque entend son enfant rire de la sorte doit lui taper le nez avec un doigt et dire : « Va-t'en, לילית, tu n'as aucun droit ici, tu n'auras aucune satisfaction ici. »

Sepher Zekhirah, 53b

*Passé midi, entre la maison et la lande, air chargé d'électricité*

Quatre heures de supplice, cinq heures tout au plus. Pourtant, il lui semble avoir enduré le débordement de Marie-Morgane une semaine entière. Sylvette est percluse, effondrée sur la dalle de granit du seuil de sa maison. Sa tête s'appuie sur le cadre de porte, le battant est grand ouvert dans son dos et gémit sous l'effet du vent. Sa maison pourrait s'aérer ainsi longtemps, il lui semble qu'elle ne sera jamais purifiée de l'odeur tenace qui l'imprègne. Lys, algue et beurre rance.

La pierre est fraîche contre ses cuisses. Sylvette sent un insecte lui remonter le mollet. Midi a sonné il y a un moment déjà, elle anticipe les heures à venir. Il reste encore l'après-midi, le poids d'une autre soirée en huis clos, la terreur d'une seconde nuit. Quant à l'impensable troisième journée du pacte, à sa seule idée, son corps se désarticule. Son épuisement est tel qu'elle n'a plus la force de souhaiter ni de craindre quoi que ce soit. L'abandon, l'abandon complet, celui d'une loque charriée par le roulis des vagues, est son unique option.

Recevoir est son sort. Se laisser envahir, se laisser gorger, sans broncher, parce qu'elle ne sait plus comment se refermer.

Ce qui émerge de la sirène, ce qui jaillit d'elle, ce ne sont pas des mots à proprement parler — bien qu'elle émette aussi des sons de façon accessoire, un galimatias en aucune langue reconnaissable, qui tinte comme la vérité mais reste obscur, impossible à retranscrire. C'est un déversement d'images, un bouillon émotionnel, des rumeurs qui tournent souvent en cris. S'infiltrant dans la chair par on ne sait quelle ouverture. Par la plante des pieds, remontant le corps pour tordre les organes au passage. Par le cœur, directement, forant de la poitrine au dos.

Marie-Morgane ne parle pas. Elle ruisselle, déborde, inonde l'autre.

Sylvette souffle, ses forces tardent à revenir. Sa tête épuisée ballotte. Dans le lointain, où ses yeux se font aspirer, le ciel s'assombrit tellement qu'il semble aussi brun que de la terre mouillée. Marie-Morgane est immobile à l'intérieur de la maison. Aucun bruit. Invraisemblable paix. Sylvette aurait besoin que cette bulle de tranquillité persiste encore un long moment, s'éternise.

Échappé par terre à côté de sa main flasque, le calepin laisse ses pages tourner sous le vent. Malgré son intention de conserver par écrit ces trois jours maudits, bien peu de choses y sont inscrites. À peine quelques phrases, la plupart ineptes. Mais le carnet s'est chargé, depuis le matin, de nombreux dessins, tous plus étranges les uns que les autres. Des croquis qui ne sont pas de sa main.

Sylvette les épie du coin de l'œil, combat la nausée qui surgit.

Son premier haut-le-cœur a eu lieu à l'aube, quand Marie-Morgane a découvert sous le fauteuil le croquis raté de la veille. Enthousiasmée par le potentiel du crayon sur le papier, la sirène s'est emparée de ces nouveaux outils, puis s'est mise à griffonner avec frénésie des images dont elle s'est servie pour l'assener d'histoires, sans se soucier de leur clarté ni de leur cohérence. Des histoires noires comme le plomb, vibrantes de souffrance. En apparence éclatées, mais reliées entre elles de manière souterraine. Un parcours.

Sylvette se frotte les yeux. Ce que Marie-Morgane lui a raconté s'enfonce déjà dans les zones inaccessibles de son esprit. De la torture subie au cours des dernières heures, rien de concret ne lui reste, qu'un goût de moisi sur la langue et une sensation de vertige.

Elle essaie de se reposer, n'y arrive pas. Au fond d'elle, les histoires invisibles remuent, creusent, labourent.

Elle ressent une vague terreur.

Un coup de vent fait claquer les feuilles du calepin. Sylvette l'observe d'un air morne. Le saisit, le feuillette.

Au fil des pages, trois dessins se répètent avec obsession : un cercle, un bol, des personnages à tête d'oiseau.

Elle fait leur inventaire. Une dizaine d'occurrences pour chacun.

Que signifient-ils ? Ils sont accompagnés d'échos. Sylvette les entend encore résonner.

Concentre-toi. Rappelle-toi.

Elle s'attarde d'abord au cercle. Gras, repassé dix fois ou plus, de sorte que la mine a creusé le papier. Sylvette essaie de ranimer sa mémoire. Procède par élimination. Ce n'est ni un trou ni une grotte, encore moins un puits, non pas un soleil, non plus un anneau. Une image surgit dans son esprit. Un grand cercle, granuleux, tracé au charbon sur le sol, autour d'un lit. D'un lit de femme. Oui, un cercle magique. Enceinte protectrice faite d'angoisse, d'exécration. Délimitation : ce qui est tien, ce qui ne le sera pas. Sylvette redresse sa posture, ses pupilles se dilatent. Elle entend, d'abord faiblement, puis de plus en plus fort : des sons accompagnent le cercle, des lamentations, des hurlements, des pleurs, des cris, toujours poussés par des femmes. Et des vagissements de nouveau-nés. Un chœur de nouveau-nés.

Le cercle est un entonnoir où retentissent des millénaires de grossesses et de pleurs.

Encouragée par le ressac des souvenirs, Sylvette se penche sur le second dessin.

Un bol en terre cuite, de taille suffisante pour être tenu à deux mains. Elle se laisse imprégner par le dessin, le caresse du bout du doigt. Un bol à l'usage occulte, elle en a la certitude. Qui n'a jamais contenu de riz, de lentilles, d'eau ou de lait : détourné de la nourriture. Ce n'est pas à l'offrande, aux ablutions, ni à la décoration qu'il se destine. Ne contient rien de tangible, pas même un rayon de lumière. Des images sombres l'assaillent. Elle voit l'objet constamment plongé dans le noir. Enfoui dans la terre, c'est cela : enterré sous le seuil des maisons. Ancienne magie protectrice. Comme un veilleur, le bol fait obstacle aux visites, interdit l'intrusion. À l'intérieur du récipient, enfilées en spirale, des inscriptions en langue inconnue.

Prière exorciste. Tourbillon de paroles qui étourdissent, confinent, piègent. Sylvette revoit Marie-Morgane mimer le geste de retourner le bol et le plaquer au sol, à répétition. Sorte de souricière, capturant quelque chose d'invisible et d'abhorré.

Un malaise lui serre la poitrine.

Ignore tout cela. Referme le calepin.

Contre son bien, elle s'attarde au dernier dessin. Trois personnages rudimentaires, placés côte à côte, chacun arborant une différente tête d'oiseau. Une intuition la travaille, elle plisse le front. Triade mythologique, autrefois connue, maintenant oubliée. Résonance de lointaines déités égyptiennes. Ces trois êtres sont mi-humains, mi-animaux. Couverts de plumes et d'yeux perçants : d'horribles anges bibliques. Un éclair de reconnaissance illumine ses yeux. Des séraphins. Une curieuse musique cherche à prendre forme dans son esprit. Leurs noms. Des noms qui se répondent, se déclinent comme dans une incantation : Sanvi, Sasanvi, Semangelof.

Senoï, Sansenoï, Semigli.

Sisoès, Sisinios, Synidores.

Syllabes mouvantes, menaçantes. Claironnées, elles deviennent un carcan. Oui, leurs noms sont une prison. Un flot d'images coule dans son esprit. Elle voit le trio angélique couché sur parchemins, gravé sur amulettes, porté aux cous, suspendu aux murs. Entités dont les corps rapprochés forment une muraille. Contre qui, contre quoi ?

Sylvette feuillette le calepin de plus en plus nerveusement, les feuilles défilent en éventail sous son nez. Un cercle, un bol, trois anges...

Rituels exorcistes. Talismans gardiens.

Arsenal déployé contre un démon.

Non : contre *une démone*.

De page en page, toujours plus appuyés, plus sales, les dessins crient. Font surgir un cauchemar géant. Un raz-de-marée de tristesse, de désirs et de frustrations.

Sylvette revit toutes les histoires d'un seul coup, pêle-mêle. Le cahier tremble entre ses mains.

*Un grand vent archaïque, un mugissement sinistre parcourt les générations, les agite, les transit, rappelle à leur mémoire la permanence du péril : elle a été noyée, mais aucune mer n'est assez profonde. Elle pourrait revenir.*

Sylvette est transpercée. Traversée de siècles de peur. Ses yeux s'exorbitent.

Ensemble, le cercle, le bol, les personnages à la tête d'oiseau scandent : Dehors, dehors, dehors ! Ils sont un vacarme de voix, dans une démultiplication de langues que Sylvette ne reconnaît pas, dont elle saisit cependant le propos : Va-t'en, éloigne-toi, ne nous convoite pas ! Sois bannie des lits où nos hommes dorment seuls. Sois chassée des chambres où nos femmes sont fécondées, accouchent, allaitent. Ne touche pas, ne prends pas, ne vole pas, ne dévore pas nos enfants ! Et le tumulte que produisent ces voix s'enrobe de cris de nouveau-nés, de la capiteuse odeur des bébés, de cette chaleur enivrante qu'irradie le corps d'un nourrisson contre les seins enflés de lait. Et l'air vibre de férocité maternelle, d'un hystérique instinct de conservation, d'esprit de clan, de haine. Ne touche personne, ne prends personne ! Sois exclue, rejetée, isolée, à jamais.

Elle parvient à clore le calepin, le dépose dans l'herbe. Des convulsions secouent sa main, font tressauter les muscles de ses joues.

Dans son nez, elle sent, très distinctement, un parfum de chair pouponne.

Ce qui est merveilleux, c'est qu'elle ne pense rien. Elle est si fatiguée qu'elle ne distingue en elle aucune émotion claire. Prie pour que rien, jamais, ne brise sa torpeur. L'insolite odeur de nourrisson persiste, lui berce l'âme.

Le vent pousse un long gémissement dans la lande.

Est-ce bien de la paix que je ressens ?

Sylvette contemple un moment ses jambes émergeant du désordre de sa jupe, allongées sur le sol devant elle, encore prises de soubresauts. Elle s'écoute respirer par saccades, essuie d'une main son front humide.

Que des superstitions ! décide-t-elle. Le cercle, le bol, les anges. Des réponses primitives à de vieilles frayeurs.

Pour s'empêcher de réfléchir, Sylvette accroche son attention à l'horizon, le plus loin possible. Elle admire la beauté dramatique de la lande.

Sous la menace de tempête, le paysage est saisissant. En grand contraste sur le ciel bistré, le sol semble générer sa propre lumière, la verdeur des herbes est poignante, les bruyères d'un pourpre éclatant s'agitent sous le vent.

Aucun tonnerre ne se fait entendre, mais le paysage gronde de façon sourde, comme si la terre vibrait. Et l'air se charge de l'odeur ozonée qui précède l'orage.

Tandis que Sylvette s'évertue à maintenir le vide en elle, des liens se tissent dans son esprit. Une pensée germe et cherche à éclore.

Je ne veux pas savoir !

La vérité, pourtant, est évidente. Sylvette serre les paupières pour étouffer les images qui prennent forme.

Dans de nombreux contes, les sirènes ne sont-elles pas réputées voleuses de... N'ont-elles pas l'habitude de prendre les...

Non, je ne veux pas savoir !

Dans la maison, Marie-Morgane remue des objets, ses déplacements deviennent vifs, empreints d'enthousiasme. Ses pas se rapprochent, Sylvette se raidit, détourne la tête, comme si ne pas voir pouvait l'épargner d'être vue. Au moment où elle ressent le corps géant se glisser sous le chambranle et s'incliner vers elle, la vieille impie se met à prier : Je vous en supplie, qu'elle ne me parle plus ! Qu'elle ne me montre plus rien ! Je ne veux plus d'histoires. Je refuse de recevoir davantage !

Marie-Morgane, l'œil ardent, lui tend un livre ouvert sur une page choisie. Sylvette le reçoit à contrecœur, évite de le regarder. Son invitée tapote du doigt sur la page, la vieille femme, forcée, y jette un œil, ne reconnaît pas l'œuvre immédiatement.

Un album illustré. Un dessin, encore. Sylvette souffre d'une indigestion d'images. Marie-Morgane insiste, remonte le livre vers son visage, pointe l'illustration. La vieille femme capitule, ouvre les yeux et le cœur pour se laisser envahir encore une fois.

Traits d'encre noire et tons terre de Sienne, quelques touches d'aquarelle ; elle croit reconnaître le style d'Edmond Dulac, se ravise et tranche pour celui d'Arthur Rackham. C'est *Undine*, conte romantique allemand. Elle en a oublié l'auteur, veut consulter la couverture pour vérifier, mais la sirène l'en empêche, redirige son attention à l'intérieur du livre. L'illustration représente une femme et une enfant immergées, aux robes gonflées par les ondes. Un ruban de poissons se faufile entre les cheveux déployés de la femme, la petite tient une conque au-dessus de sa tête pour s'en coiffer. La fatigue déforme-t-elle l'image ? Il lui semble que l'expression de toutes ces créatures, femme, enfant, barbotes incluses, devient tout à coup maléfique : l'angle étrange d'un sourcil, une étoile mauvaise dans les yeux, la révélation d'une dent aiguë, et la scène entière prend une tournure sinistre.

Une plainte, semblable à un cliquettement de dauphin, s'échappe de la gorge de Marie-Morgane tandis qu'elle pointe l'album.

Sylvette repousse le livre, secoue la tête. Puisqu'elle devine que je devine, pourquoi s'acharne-t-elle ? Je préfère savoir sans mots, pressentir sans savoir, ce n'est pas suffisant ? Ce n'est pas déjà trop ? L'autre renchérit en mimant dans l'espace un petit corps qu'elle presserait contre sa poitrine. Outrée, Sylvette se lève, titube, s'affale un peu plus loin sur le sentier sablonneux et marmonne : « Non, non, non. »

Marie-Morgane désire un bébé. À la folie. Sylvette rejette cette idée de toutes ses forces, mais l'image d'un petit corps tendre et chétif s'impose à elle. Un bébé, soit, mais lequel ? Voici ce qui la tourmente : l'impossibilité de la chose. Les sirénotes n'existent pas, pour la raison toute simple qu'il ne se trouve, nulle part, de sirain ou d'espèce cousine avec laquelle copuler et procréer, qu'il n'y a qu'*elle*, Sylvette en a l'intime certitude, qu'il n'y a que Marie-Morgane, femme de la mer, chimère, anomalie, demi-déesse d'horreur. Alors, qu'essaie-t-elle de lui faire comprendre ? Pourquoi persiste-t-elle à lui jeter à l'esprit l'image d'un nouveau-né ?

Un bébé. *Des bébés.* Lesquels ?

Laissant la vieille femme au sol, Marie-Morgane s'éloigne de quelques pas, s'arrête. Son corps au teint cireux se découpe sur l'horizon sombre. Ses cheveux secoués semblables à des flammes impossibles à éteindre. Sylvette sent des larmes descendre sur ses joues. Que sont-elles ? Des larmes d'effroi, de fatigue, d'empathie ? Entre ses cils mouillés, elle admire son invitée terrible. Sa façon de se mouvoir est empreinte d'une sorte de royauté animale qui la fait épouser la nature, appartenir au paysage.

Marie-Morgane se courbe, enfonce ses mains dans les bruyères et cueille une tige fleurie qu'elle considère un moment.

Soudain, elle s'élance à la course avec une agilité et une vigueur inattendues. Même si la terre lui déchire les pieds, même si l'air lui râpe les yeux et lui brûle les seins, elle file tout droit. Sylvette suit des yeux la tache orange de sa chevelure qui s'éloigne le long du sentier côtier, rapetisse à vue d'œil. Sa vision déficiente la perd bientôt.

Alors, une indicible sérénité prend possession de la lande, chaque couleur s'éclaire d'un ton, même le mugissement du vent s'allège. Le jour perd sa menace et se fond dans la masse insouciante des autres jours, ceux qui s'écoulent sans que rien ne bascule. La vieille femme se redresse, scrute longtemps la frange de la falaise, n'aperçoit aucune rousseur ressurgir. Se serait-elle enfuie ? Pour de bon ? Les minutes passent. Malgré tout, le sentiment de soulagement tarde. Le vieux cœur de Sylvette n'explose pas de joie. Parce qu'il ne sait ni s'illusionner ni mentir.

Non, sa délivrance n'est pas encore venue : de toutes les fibres de son être, Sylvette le sait.

Elle se rassoit sur le seuil de sa maison, devant la porte qu'il serait inutile de refermer, car une fois le diable invité, il peut revenir à sa guise.

Son corps croule de fatigue. Sa conscience clignote. À peine ferme-t-elle les yeux que le sommeil la réclame. Gardant toujours à la conscience la sensation du bois contre son dos, du vent sur son visage, de la poignée d'herbe sous sa main, Sylvette s'enfonce dans un remous de rêves.

D'abord, de nombreuses images se superposent, s'entremêlent, tournoient. Bols d'incantation contre les démons, trinité d'anges, cercles de charbon. Lamentations. Cacophonie et chaos, purgation exténuante de ses dernières épreuves. Quand enfin Sylvette surmonte ce désordre, le repos espéré ne vient pas. Son rêve s'aggrave.

Des profondeurs surgit un spectre. L'Autre, celle qui a la peau bleue, l'anti-Ève fait surface, se rue sur elle, doigts recourbés en serres de faucon, langue pointue jaillissant entre les dents. De son envergure titanesque, elle envahit l'esprit et les sens de Sylvette, s'impose d'est en ouest, du sol au firmament, l'oblige à la contempler. Sous le chambranle, la vieille femme se débat pour se réveiller, mais demeure clouée à son rêve. Voir l'Autre la darde d'un essaim de guêpes, embrasser sa présence la gave à mort.

La monstresse danse au ralenti, en divine célébration de sa personne. Autour d'elle flottent des corps, des poupons mollasses, roulés en position fœtale, de petits êtres à peine nés dont la chair semble aussi foncée que la sienne. Un à un, elle les dévore, non pas par la bouche, mais par la gueule de son utérus ; elle les réincorpore, les ravale vers l'avant-vie, les annule. Plus les nourrissons s'éteignent, plus elle prend d'ampleur : son visage se perd dans les hauteurs, ses jambes écartées ne sont visibles que si l'on tourne complètement la tête d'un côté ou de l'autre. Son ventre, surmonté de seins pâlis par les nuages, semble combler le ciel entier.

Dans un sursaut, Sylvette ouvre les yeux, son crâne ruisselle de sueur. Effondrée en travers du seuil, elle se redresse péniblement. Observe autour d'elle. La lumière a changé, la vibrance de tout à l'heure s'est éteinte. Le pan de nuages sombres a progressé au-dessus de la mer, tout est devenu plus gris, plus froid, les bourrasques ont gagné en violence. Impossible de déterminer combien de temps s'est écoulé depuis le départ de Marie-Morgane.

La vieille femme fait quelques pas en direction de la pointe de Feunteun Aod, assourdie par le vent. Comme elle scrute l'horizon, elle perçoit au loin une silhouette qui chemine de façon cahoteuse le long du sentier. Elle plisse les yeux, le corps se dédouble : ce sont deux personnes. L'une marche en boitant, l'autre flotte à ses côtés, tête en bas, pieds au ciel.

Sylvette panique, flageole à reculons, se ressaisit. Ce n'est que Marie-Morgane. Seule. Elle alterne la marche et le pas de course, tangue vers le sol, se redresse et retangue. Elle tient quelque chose de sombre contre son cœur.

Ses cheveux mouillés sont plaqués sur sa peau. Elle est proche maintenant, halète, s'illumine d'un sourire d'accomplissement et d'exténuation. Oui, note Sylvette, hébétée par le sourire tant attendu : ses dents sont pointues. La sirène est retournée dans la mer, s'y est baignée, est allée y chercher quelque chose. Sylvette l'attend, bouche bée. Le vent furieux la tiraille dans tous les sens. Dans son dos, la porte de la maison claque à répétition.

Marie-Morgane la rejoint enfin, décolle de sa poitrine la masse ronde et gluante qu'elle rapporte de la mer, la lui présente à bout de bras. Un amas de chair luisante, couleur grenat, parsemée de fines taches vertes. Sylvette, d'abord dégoûtée, réalise que la chose est une anémone fraise, repliée sur elle-même pour se protéger hors de l'eau. Incitant la vieille femme à ouvrir ses mains, Marie-Morgane agite la pauvre créature qui se contracte un peu plus. Sylvette refuse, la sirène la lui remet tout de même. Le globe mou se déverse au creux de ses paumes avec une cuillérée d'eau salée. Sylvette frissonne. L'animal est si veule qu'elle craint de l'abîmer ou de l'échapper. D'un coup lui revient en mémoire ce moment extraordinaire de fragilité où l'on a déposé son fils, nouveau-né, entre ses mains incrédules. Comment le corps minuscule croulait en tous sens, semblait fondre au creux de ses paumes. Comment il l'emplissait d'émerveillement et de terreur. Comment sa personne entière s'est momentanément évaporée devant un nourrisson.

Elle relève ses yeux ébahis vers Marie-Morgane. Son ardeur forme autour d'elle une sorte de halo. Et tandis que Sylvette, subjuguée, n'est que réceptivité, la sirène compresse la créature visqueuse qui déploie ses centaines de tentacules roses dans une floraison spectaculaire. Soudain, au creux du visage solaire de l'anémone, Sylvette voit fleurir celui de dizaines de poupons. Des visages de bébés, absents à eux-mêmes, ailleurs, lointains.

En rafale, elle reçoit des reflets, des échos. Elle voit des bras de femme entraîner des bébés sous l'eau. Dès qu'ils franchissent la barrière aquatique, leur minuscule visage se fige de surprise. Ils ne pleurent pas, mais ouvrent des yeux très ronds. Pour un moment fugace, ils s'éclairent, deviennent bijoux sous la lumière opalescente de la mer. Mais bientôt ils se gâtent, perdent cette adorable expression qu'ils avaient, leurs traits s'étirent et se durcissent. L'un après l'autre, ils sont déposés dans un jardin marin, encastré dans un massif corallien, inséré parmi les algues et les anémones. Une collection de nourrissons. En quelques malheureux jours, ils bleuissent, se gonflent en boutons et fleurissent : leur visage bourgeonne et développe des voiles translucides, de fins lambeaux de chair qui se détachent en corolle et ondulent autour de leur visage au gré des mouvements de l'eau. Puis les bébés macèrent, dégénèrent en exaspérantes charognes. Sylvette voit des bras de femmes, enragés, les arracher au jardin sous-marin, les déchiqueter, jusqu'à ce qu'ils ne soient plus rien.

Le visage déconstruit, Sylvette laisse tomber l'anémone qui rétracte douloureusement ses tentacules. La vieille femme ne parvient plus à fixer les yeux sur le moindre objet, elle ignore la bête agonisante, renie le corps de Marie-Morgane, dont la tête ne lui semble plus qu'une crinière folle. Elle recule jusqu'à sa maison, qui n'est pas un refuge puisque l'autre l'y suit. Perd conscience des gestes qu'elle pose, de ses mouvements, entièrement obnubilée par ses pensées. Un problème l'occupe, large, aux mille facettes, un casse-tête insoluble. Une sirène est mi-humaine mi-poisson — *ni* humaine *ni* poisson —, conséquemment, nul ne peut la féconder. Sans père, quel est le germe, d'où vient la progéniture ? Que sont ces bébés ? Sylvette, par intuition, associe cette énigme à la naissance de Merwen, descendant de deux hommes tout en n'ayant jamais eu de père. Les questions la travaillent et la terrifient.

Marie-Morgane, soigneuse, referme la porte derrière elle. Le grondement du vent s'accouple aux gémissements de la maison. Sylvette réalise qu'elle se tient devant sa bibliothèque, qu'elle marmonne et tremble. Ses mains replacent convulsivement les livres sur les rayons dans un nouveau désordre qu'elle corrige et entretient au fur et à mesure. Pour une raison qui lui échappe, sa généalogie l'inquiète au plus haut point. Sur des générations, une déferlante de femmes qui n'enfantent que des femmes, qui produisent cent filles, mille filles, aucun garçon. Toute cette féminité lui paraît soudain de mauvais augure. Une décharge de douleur lui déchire le crâne. La vérité est là, sous ses yeux, brille si fort qu'elle est impossible à regarder en face.

Les ronces croîtront dans ses palais, les orties et les chardons dans ses forteresses. Ce sera la demeure des dragons, le repaire des monstres ; les créatures du désert y rencontreront les hurleurs, et les satyres s'y appelleront les uns les autres ; là résidera לילית, elle y trouvera son lieu de repos.

Ésaïe, 34 : 13-15

# Écho III

Désert d'eau.

Ce qui est don se renverse en malédiction.

Dans le noir absolu, la faculté de voir devient désavantage, elle ne procure rien qu'une sensation de manque, une souffrance morale. La région de l'œil se résume à une cavité où loge un globe aqueux, fruit obscène de vulnérabilité. Ce n'est qu'une faiblesse à fleur de crâne, une faille par où les maux s'infiltrent : infection, perforation, dévoration.

Quand la noyade culmine dans les tréfonds marins, chaque orifice se dissocie de sa fonction : le nez relié aux poumons vides, l'œsophage gavé d'eau morte, les canaux de l'oreille obturés de silence, les ouvertures génitales et rectales cautérisées par la brûlure du sel. Chacune de ces brèches absurdes, chacune inexcusable pour les maux qu'elle procure, devient un appel à l'invasion des langues, algues, tentacules. Elles ne sont que des plaies, actuelles et à venir. Elles sont le malheur d'être de chair.

Les abysses sont dépourvus de sens. Les seules images sont hallucinées. Les bruits se réduisent à leur nature vibratoire que l'organisme gelé ne discerne pas. Hurler est constant et imperceptible, hurler est une manière inconsciente d'exister. Dans ce monde du dessous, les plaintes, les pleurs, la fureur ne produisent rien, adviennent ou n'adviennent pas, sans entraîner la moindre différence. Pour les muqueuses gustatives, il n'y a que saumure glacée, goût qui par son omniprésence s'annule. Toucher ne se peut pas, c'est le tabou suprême, car le corps n'est plus qu'une aberration. Éradiqué par le froid et le poids des eaux, le corps n'est rien d'autre qu'une idée facile à oublier, qu'un appendice gênant d'une identité qui ignore ses limites physiques. La souffrance, infiniment plus grande que ce nœud d'organes et de membres, l'écrase.

Au cœur de l'eau noire, dans la dureté glaciale de la fosse marine, le corps s'éclipse.

Pour un moment terrible, celui d'une éternité qui s'insère dans une éternité plus vaste, le corps s'évanouit, mais le soi reste. Avec lui, la douleur persiste, intégrale. Dans l'immensité folle qui ne demande qu'à être comblée, le soi enfle, prend les dimensions exponentielles de ce qui est pensé, de ce qui est ressenti. Le temps délirant de l'exil sous-marin lui permet de se dilater, de se contorsionner, de se tuméfier en excroissance colossale. Alors, l'esprit usurpe tout l'univers, s'y substitue. Entité informe, versatile, inapaisable, trop puissante et trop vaste pour elle-même, la pensée s'excite, se débat dans le vide. Rumine les souvenirs, les fait fermenter, puis pourrir ; invoque les ennemis, leur crache au visage, les lacère, les broie, les amplifie, les crains, les déifie presque, s'en terrorise tout à fait, puis, sans prévenir, les neutralise ; rejoue la trahison, éprouve le crime à fond, le décuple, l'évite, le renie, le prolonge, l'inverse, le parachève, sans pour autant s'en libérer ; tente d'expliquer, dénie, décompose, se questionne, surtout se questionne, se déchire en questions, sans repos, sans issue.

Bientôt, la mémoire s'émousse, la volonté s'étiole. Quand la noyade s'établit comme seule réalité imaginable, le langage impotent se disloque. Et penser s'étouffe. Dans la psyché qui s'atrophie, le soi vivote encore. Les émotions, dégagées des entraves du rationnel, s'établissent en tyrans. Elles se gonflent jusqu'à leur point de renversement. L'exécration devient incandescente, se pèle et révèle sa vraie nature de désir furieux. Le désarroi s'absolutise, tourne en pure lumière, se contracte jusqu'à son invincible noyau d'espoir. La colère s'exalte en jouissance. La terreur atteint la vibration de la béatitude. Magma émotionnel dénué de mots, l'affectif crée des mondes et les anéantit, s'élève et s'effondre à l'infini. Comme des mouvements telluriques, les masses émotives se collisionnent, s'agrègent en pics accidentés, se fendent en fjords, s'écoulent à perte de vue en monts et vallons clairs-obscurs.

Durant un temps incalculable, une étincelle ou des siècles, la Noyée est stupéfiée, captive abrutie de son tohu-bohu. Elle est torture spectaculaire.

C'est ainsi que naît la démone.

L'exil corrode. Le soi devient difforme. Il n'est plus l'apanage d'une personne nommable, aucune instance intérieure ne saurait comment dire « moi ». La douleur est la seule identité possible, elle devient l'entièreté du réel.

Les créatures abyssales, bien qu'aveugles, ressentent le monstre apparu parmi elles. Apprennent à contourner la zone grondante où s'est ancré le corps noyé. Le foyer mauvais s'accroît un inéluctable millimètre à la fois, terrorise, tourne ses parages en soufre, rebute faune et flore, établit sa géhenne dans l'eau solide du plancher du monde.

    Et la mort ne vient pas.

    La mort ne délivre pas.

    Le plus cruel de l'enfer, c'est qu'un jour il s'amenuise. C'est sa façon de s'étirer au-delà du concevable, mais de ne pas s'avérer éternel. Si l'horreur se maintenait à l'infini, elle permettrait l'atteinte d'une sorte de paix, la formation d'un sentiment de stabilité, le soutien d'une certitude.

    Après l'inracontable, la traîtrise du supplice est de prendre fin. C'est son ultime raffinement.

    L'enfer relâche sa proie, dévastée, désorientée, dans l'incompréhensible.

    Les émotions qui composent le paysage intérieur démoniaque, une à une, se défont. Elles sont non pas simplifiées, mais purifiées, carbonisées par leur propre intensité, réduites peu à peu à leur plus simple expression, à leur essence originelle. Qui est toujours la même. Frustration, confusion, rage ont une racine commune. Panique, envie, dégoût, issues d'une simple semence : la tristesse. Étrange sol où prennent appui les moindres mouvements de l'âme. Principe même de la conscience. Langage secret de l'univers. Ne reste que la tristesse.

    Le cœur de la démone.

# Troisième jour

J'invoquerai les sirènes de la mer,
Et vous, lilithes, accourez du désert,
Démons shedim et dragons des forêts.
Réveillez-vous et ceignez vos reins pour le deuil.
Entonnez avec moi des chants funèbres,
Avec moi, gémissez.

*Apocalypse syriaque de Baruch*, 10 : 8

*Entre la deuxième nuit et le troisième matin, lit de Sylvette*

Un ogre goinfré de papier. Le carnet gonflé est posé sur le matelas, à côté d'une paire de ciseaux suspecte. Il est difforme, infesté de feuilles étrangères glissées entre ses pages, esquisses, logorrhées manuscrites, bouts de papier de toutes les nuances de vieillissement, du blanc à l'ocre. Sylvette le considère avec effroi. Quand elle cherche à le consulter d'une main maladroite, quelques feuilles pliées en tombent. Elle saisit l'une d'entre elles, l'ouvre, observe avec consternation les caractères d'imprimerie, illisibles sous sa presbytie. Ses yeux oscillent des ciseaux au calepin. Sacrilège : des pages de livres ont été découpées, insérées là. À quel moment ? Pour quelles raisons ?

La vieille femme s'assoit au bout de son lit, prenant garde de ne pas s'y installer trop confortablement, pour éviter de s'y assoupir. Fait tourner les feuillets sous son nez. La reliure gondole sous la moiteur de ses doigts. Les dessins et les notes remplissent chaque page de haut en bas, suffocant les marges. Son écriture — car c'est bien la sienne — semble alarmée, fonce à droite tête baissée, en saccades anguleuses. Indéchiffrable. Elle distancie le calepin de ses yeux, le place sous l'éclairage d'une chandelle. Les traits tendent à se préciser, quelques mots se détachent du papier, mais Sylvette ne parvient pas à les lier entre eux, aucune phrase intelligible ne se forme.

Elle se lève, cherche avec précaution sans rompre le précieux silence, retrouve ses lunettes sur une étagère de la bibliothèque, les enfile. De retour à son lit, elle place le carnet dans un meilleur angle, mord les pages des yeux. Un curieux nuage se glisse entre elle et le papier. Plus elle force, plus le texte s'embrume. Elle vérifie : il en va de même pour les croquis et les découpures, ils se floutent dès qu'elle les regarde. Quelque chose, un mécanisme de défense, un détraquement de son cerveau, lui défend de revenir sur ses propres réflexions, de revisiter ce qu'elle est censée savoir.

Je ne peux pas suivre le fil de mes propres pensées.

Sylvette ressent, physiquement, la déchirure de son esprit. Juste là, sous son occiput, une douleur sourde. Une frontière étanche qui descend, à l'intérieur, du crâne jusqu'au bassin. Elle sait qu'elle est désormais divisée en deux : la confidente, qui entre en dialogue avec le monstre, et la vieille femme confuse, usée à son insu, dont les heures sont comptées. Celle qui reçoit, celle qui se vide. Deux Sylvette. Un calepin, intransmissible entre elles. Un drame qui se clora bientôt, par la force des choses.

Que voudrais-je me cacher à moi-même ? Elle s'obstine, scrute les pages de près, de loin, elles restent absconses. La fatigue lui martèle les tempes.

La vieille femme ferme les yeux, tâche de reprendre son calme, se raisonne. L'acharnement est futile, aucun effort n'est vraiment requis, *car une part d'elle sait déjà*. Le contenu du carnet, chaque minute des conversations tenues. L'origine de Marie-Morgane, son cheminement tortueux des régions abyssales vers les eaux lumineuses de la surface, les détails sordides et fabuleux, l'apothéose vers laquelle tend son parcours, elle en est au courant. Depuis longtemps déjà, peut-être depuis toujours.

Au fond de moi dort un savoir.

Soudain, rien ne pourrait lui enlever l'impression que l'histoire de la Noyée lui a déjà été racontée, bien avant ce tête-à-tête de trois jours, qu'on lui en a souvent fait le récit, au moins une centaine de fois, par bribes, à travers les chansons, contes, légendes, de façon mal camouflée, à peine altérée. Il s'agirait de remettre les morceaux dans l'ordre, et la clarté se ferait. Oui, une histoire immémoriale, fracassante, sans pitié. Une part d'elle la connaît. Par cœur, mais effacée. Comme un mot sur le bout de la langue.

Sylvette relève le menton, inspecte sa bibliothèque. Son intérieur bouillonne. Elle éprouve tout à coup la certitude que le mythe de la Noyée s'y trouve, en fragments, dispersé, sous la forme d'allusions, de reflets, un passage ici, un extrait là, une collection patiemment accumulée, en désordre sur les étagères. Le récit entier s'y trouve. Non pas seulement à l'intérieur des livres, mais dans les cases vides sur les rayons, entre les œuvres qui prétendent savoir, dans ces espaces sans texte qui dénoncent discrètement ce qu'ils taisent.

Une histoire à portée de doigts et qui s'élude. Toujours sue, constamment oubliée.

Semblable à un rêve rejoué à différentes époques de la vie, un lieu onirique auquel l'esprit hanté revient, dans une sorte de malédiction mystérieuse.

Sylvette pense à son propre rêve récurrent, son rêve-prison auquel le sommeil l'a ramenée, inlassablement, au cours des soixante-six dernières années. Des images qui la hantent, de nuit en nuit, depuis des décennies : une fillette debout devant la mer, dans le rose de l'aube, au moment où une femme étrange surgit entre les vagues. La rencontre de la petite Luzel et de la *morganez*, une vieille histoire, un conte éculé, si souvent répété qu'il a perdu son lustre étonnant. L'anecdote réelle, dans le monde concret, n'a occupé que quelques minutes de son existence, tandis qu'une fois transposé dans son royaume mental, l'événement a pris les proportions d'une épopée, le caractère d'un dogme religieux. Qu'y a-t-il vraiment eu lieu sur la plage, ce jour-là ? Presque rien. Un face-à-face furtif, à peine plus tangible qu'une idée, le fantasme d'une rencontre qui s'est tissée dans toutes ses dimensions, étoffée en substance, chargée en valeur seulement au cours des nuits suivantes, durant son sommeil.

Dormir. Les genoux de Sylvette cèdent, elle se ressaisit, mais recommence à mollir l'instant d'après. Les rêves. Le cocon des rêves, lieu où l'insensé est compréhensible, où l'insolite ne froisse pas la raison. Le sommeil lui paraît l'état le plus souhaitable, le plus naturel.

Peut-être que tout prendrait sens si je m'endormais ?

Depuis combien d'heures se prive-t-elle de nourriture et de repos ? Combien de temps encore peut-elle tenir ?

Sylvette tangue malgré elle, échoue au coin de son matelas que ses mains palpent inconsciemment. Sa vision clignote, ses images intérieures font écran sur celles du dehors, ses pensées dérivent.

Effrayée, elle sursaute, s'éloigne de la tentation du lit, tourne instinctivement ses yeux rougis en direction de l'invitée occupant son salon. Comblant son salon. D'heure en heure, les chandelles se rétrécissent, les ombres s'étirent vers le plafond, et la stature de la sirène semble s'accroître. Gigantesque, somnolente, dragonne dans son antre. Marie-Morgane est étalée en travers du fauteuil. Cette fois, ses jambes, jointes dans une même masse de chair, sont rejetées par-dessus un accoudoir, tandis que le haut de son torse, à partir des omoplates, déborde de l'autre côté. Son cou paraît cassé, sa tête pend vers le sol de façon grotesque, laissant déferler ses cheveux jusqu'à la bouche du foyer. Un de ses bras jaillit au-dessus du dossier dans un angle troublant. Elle ne respire pas, on la croirait morte.

Voilà un long moment qu'elle conserve cette épouvantable position. Déjà accablée par la richesse de l'air et l'attraction de la terre, Marie-Morgane semble avoir épuisé ses dernières forces lors de sa sortie en mer pour la pêche à l'anémone. Depuis son retour, ses périodes d'éveil sont espacées et brèves, son sommeil sirupeux comme une fièvre. Sylvette ne parvient pas à évaluer le temps qui s'écoule entre les rares minutes de conscience de son invitée.

Elle-même a perdu des pans entiers de la nuit à écrire, à se dédoubler, à se tenir inerte au milieu du salon en fixant le vide, à essayer de recoudre son propre esprit déchiré. L'horloge, qu'elle a manifestement omis de remonter, s'est figée peu après minuit. Il n'y a plus d'heures.

La noirceur est épaisse, le jour ne poindra peut-être jamais. Sylvette se tord les mains.

À quel moment peut-on s'adonner au sommeil en compagnie de cette chose ?

Une bourrasque soudaine embrasse la maison. Les fenêtres hurlent, la cheminée tousse un nuage de cendre, la flamme des chandelles tremblote. Sylvette chancelle, la géante ne se réveille pas. Son corps imperturbable s'allonge dans l'espace, s'étire sournoisement du foyer au vaisselier. Il lui fait barrage, interdit toute issue, confine Sylvette à l'extrémité de la pièce, entre la bibliothèque et le lit clos. Les draps frais, le matelas accueillant l'appellent, tirent sur ses membres, l'embourbent dans leur vase. Sylvette sent ses pensées s'éteindre une à une, son organisme se vider de sa vitalité. Sa faiblesse sera bientôt irréversible, elle flanchera.

Manger, remuer ses membres, boire une gorgée de lambig la réanimerait. Mais pour rejoindre la cuisine, il lui faudrait enjamber la forêt de cheveux ou se risquer à frôler les griffes des orteils. Elle n'en a pas le courage.

On dirait qu'un sourire se dessine sur les lèvres de Marie-Morgane.

Dormir, envisage Sylvette, se fondre un moment dans la disparition du corps, s'autoriser la perte de conscience, s'effacer à soi, fausse évasion durant laquelle sa personne serait à la merci des forces malveillantes. Au contraire : résister au-delà de ce qui est raisonnable, affronter les écueils du manque de sommeil, mettre en jeu ce qui lui reste de santé et de lucidité, risquer de devenir le jouet du monstre qu'elle héberge.

Où se mettre à l'abri d'une créature pareille, toujours à demi éveillée, à demi endormie, tapie entre deux mondes ?

Où, en chair ou en rêve, vous guette-t-elle avec le plus de crocs, vous instille-t-elle le plus de poison ?

Sylvette se traîne en direction du foyer. Ses doigts effrayés parviennent à éviter les mèches folles de cheveux qui envahissent les chenets, fouillent parmi les cendres, dénichent un morceau de bois carbonisé qui lui servira de fusain. Le lit, choisit-elle. Son refuge imparfait sera le lit, pour une heure ou deux, il en va de sa survie. Dans un dernier effort de défense, Sylvette entreprend de dessiner un cercle de charbon autour de l'armoire massive de son lit clos, dont elle bénit maintenant les panneaux coulissants qui lui procureront au moins l'illusion d'être à l'abri.

Malgré l'étroitesse des lieux et la raideur de son dos, elle parvient à dessiner sur le sol un trait de charbon net et continu. Quand le fusain frappe le mur, elle relève son visage désemparé, réalise l'impossibilité de refermer le cercle autour du lit, panique. Le meuble, plaqué au mur, ne peut pas être contourné ni déplacé. Un simple arc accomplit-il le rite ? Un demi-cercle protège-t-il à moitié ? Sylvette sent des larmes creuser un sillon chaud le long de son nez vers sa bouche. Sa vision est obscurcie d'épuisement, ses mains tachées de noir. Elle lâche son bout de bois.

La solution la frappe. Un regain d'énergie la meut. Elle retrouve son fusain, continue le trait à la verticale, sur le mur, pour refermer le cercle au-dessus de l'armoire. Son crayonnage est erratique, le tracé hachuré s'élève laborieusement sur la pierre et le mortier qui s'égrène. Au bout de son bras, incapable de poursuivre,

Sylvette s'écarte du mur d'un air hagard, décide d'aller chercher une chaise paillée à la cuisine pour s'y hisser et boucler le cercle de charbon. Elle fonce sans regarder, se heurte à la barrière des longues jambes, pousse un cri étouffé, recule de plusieurs pas.

À travers l'ombre qui englobe le fauteuil émerge le torse bleuâtre de Marie-Morgane. Dans l'espace vacant entre les deux épaules, Sylvette voit se soulever l'immense couleuvre du cou, lentement suivie de la lourde tête qui se redresse. Deux prunelles s'ouvrent, reluisent comme des yeux de chat braqués sur elle.

La sirène se hisse sur son siège. Son visage s'élève jusqu'à la sphère de lueur émise par la chandelle, révèle ses traits. Elle semble sourire plus largement qu'une bouche normale puisse le permettre. De triomphe, de satisfaction. Ses yeux lancent encore des éclats jaunes. Marie-Morgane ramène ses jambes vers sa poitrine, se recroqueville dans le fauteuil, libérant ainsi le passage vers la cuisine. Ce n'est qu'un leurre. Elle se moque de moi. La fuite n'est pas possible. Sylvette ressent, de manière plus aiguë que jamais, que le piège s'est refermé sur elle, que toutes les forces ont été mises en branle. Qu'il est désormais trop tard.

Les sirènes gémiront à cause de vous, et pleureront.

*Livre d'Hénoch*, 96 : 2

# Écho IV

Ils sont plusieurs, agglutinés, trop similaires pour être dénombrés. Un seul agrégat d'hommes aux multiples visages. Penchés sur elle, bouchant l'horizon, doigts et bâtons tendus en sa direction. La piquant, la pointant. Défigurés par la convoitise qui leur affole l'entrejambe, irrigue leurs poings, leur ébouillante la tête. Leur désir est si plein et compact qu'il ne sait plus comment s'exprimer, s'exsude par des gloussements incontrôlables, un surplus de salive qui gicle. Des veines éclatent dans leurs yeux. Ils sont secoués de vouloir.

Ils tournent autour d'elle. Avec eux, les mâts, les voiles, les nuages tournent. L'empêtrement de son corps la stupéfie, la compression la suffoque. Contre sa peau frétillent les fruits gluants de la pêche. Sans repères, privée de points d'appui, elle ne s'appartient plus.

Suspendue, pivotant sous leurs yeux.

Vivement qu'on ouvre le filet, que son corps tendre s'effondre sur le pont parmi les harengs et les lamproies, que l'on puisse se vautrer les yeux dans l'orgie de courbes et de creux de sa chair, que l'on puisse s'enivrer des variations pastel de sa chair épanouie dans l'ombre marine. Vivement que le filet de pêche s'éventre, que les narines s'abreuvent, dans l'explosion d'effluves, des parfums de sa nudité frémissante, dévoilée à eux, soumise à eux, oblation imméritée qu'ils s'arracheront comme des chiens.

Elle est muette, sa voix coincée dans son œsophage. Ses cheveux et les mailles du filet lui obstruent la vue, mais elle les étudie déjà, un à un, les diminue, commence à les plier sous son joug, à se nourrir à même leur faiblesse, un éclair d'yeux à la fois.

Ils sont ses bêtes à dompter, comme elle est la leur.

Dans une exclamation poussée à l'unisson, le filet se déchire, déverse son contenu mourant sur les planches. Les poissons se cambrent, s'agitent et roulent en tous sens ; affolée, elle reprend possession de ses membres, se hisse sur ses paumes, glisse dans la flaque d'eau, se redresse, s'accule contre le bastingage, y plaque son dos. Leur prise est d'une sauvagerie exquise. Le mur d'hommes se rapproche. Front baissé, mâchoire serrée, elle les défie du regard. Nul ne porte la moindre attention à son visage. Son torse, des clavicules au nombril, les hypnotise, ses seins luisants d'eau les rendent sots. Ils glapissent, se frappent les cuisses, se tiraillent brutalement, la tension monte entre eux, à savoir quel geste lancera le carnage, qui sera le premier à perforer la merveille qui leur est donnée. Ils se haïssent déjà pour le privilège que l'un d'eux s'octroiera. Et ils ne distinguent plus ce qu'ils veulent : jouir ou anéantir.

Mais, inévitablement, leurs yeux glissent, déchantent, du ventre aux régions basses, poisseuses, inhumaines. Cela vibre de vigueur animale, cela se tord, rutile. C'est surtout cette bande de peau, sur laquelle se joue la transition du derme aux écailles, qui leur lève le cœur. Leur désir se soulève par saccades, se débat, s'éteint, se rallume de plus belle. Ils veulent à la fois prendre la fuite et la saisir à pleins bras.

Elle. La femme des eaux. Qu'ils ont envie de bafouer et de vénérer dans un même élan fou. Ils ne sont pas les premiers à la voir, d'autres l'ont décrite, ont rapporté sa beauté surhumaine. Et sous-humaine. On a dit qu'en posant une seule main sur la coque, elle a paralysé un navire. On a dit l'avoir entendue enjôler l'air de chants auxquels le cerveau ne survit pas. D'autres l'ont savourée des yeux et des oreilles, mais sont-ils les premiers à l'avoir pêchée ? Sont-ils les premiers à la tenir à leur merci ?

Les hommes ne sont plus qu'un bouillon de cris et d'impulsions mal endiguées, ils se désorganisent, leur frénésie se tournera contre eux sous peu. Surgit alors le seul qui puisse aplanir leur chaos. Il se campe droit, tonitrue sa supériorité. Les autres s'écartent d'un cran, rivent leur visage au sien, suivent ses gestes en bavant. Il sera le bienheureux. Il accomplira la déchirure, le rite qu'une telle capture exige. Sa férocité, son envie, sa soif seront les leurs. Ils commettront l'acte à travers lui, apaisement des feux par procuration. Les mâles acquiescent : oui, qu'elle soit tienne.

Lui, au-dessus des autres, seul à oser rencontrer son regard, s'incline vers la pêchée, pose sa main sur ce qui est encore une taille, en palpe le gras, fait descendre sa caresse vers l'apparence d'une hanche, sur ce qui n'est plus un pubis. Alors ses yeux flamboient, sa raison entre en combustion, ses lèvres tremblent, sa main se glace d'un coup.

Sourire ou grognement silencieux, elle ouvre sa bouche, lui montre ses crocs pointus. Orifice denté. Elle le subjugue un moment.

Sur ses ordres, la créature est empoignée par les bras et les épaules, déplacée au centre du pont, retenue au sol, ventre exposé. Sa queue s'agite avec puissance, les hommes bondissent de surprise, crient d'excitation, ils sont quatre à lutter pour la contenir. L'homme dominant marche de long en large, poings irrigués de sang, yeux huileux de rapacité, cherchant dans son corps l'essor, la sève de l'agression. Sous ses yeux, en plein soleil, la chair argentée scintille, se contorsionne, aveuglante de force et d'étrangeté. À l'endroit du point faible qu'ont toutes les femmes se dessine, presque imperceptible, l'entrée d'un cloaque, une crevasse de moiteur et de glaire froide qui l'étreint de dégoût. Son ardeur s'aveulit. Il sent sa force le quitter.

Il faut qu'elle soit sienne. Ce n'est que l'ordre naturel des choses. Un point d'équilibre à ne jamais rompre. L'équipage l'observe, espère, se désagrège d'attente. L'homme jugule sa rage, s'interdit la capitulation, cherche, dans la crudité de ses instincts, une façon de vaincre. Comment faire pénétrer quoi que ce soit dans une chair qui attise et rebute autant ?

Quand il sort son couteau, les marins hululent.

Il déclare : « Ceci n'est pas une femme. »

L'équipage entier, aussitôt, reconnaît cela comme la vérité.

De tout son poids, l'homme enfonce un genou dans le membre inférieur qui tressaute de douleur, faiblit, abdique.

« Je n'ai jamais goûté de cette sorte de poisson. »

La chair de la mer se mange crue.

Le cri des hommes pollue le ciel.

Il pique la lame sur la partie qui présente le bombé d'une cuisse, l'y insère, lentement, d'une main que le plaisir rend sûre. Elle ne crie pas, mais son visage se convulse un instant, puis se paralyse dans une sorte de sérénité improbable, un calme de pierre. Ses yeux larges et limpides fixent au loin, sa peau blanchit.

L'homme, suant à grosses gouttes, découpe avec précision une bouchée triangulaire qu'il détache victorieusement, soulève à la pointe de son couteau, brandit dans la clameur du cercle d'hommes qui s'éprouvent alors comme transcendés, évaporés en colonne brûlante jusqu'au zénith. Communion. L'homme porte le morceau à sa bouche, ferme ses yeux sur sa volupté.

Mange une bouchée de sirène.

*Que goûte-t-elle ?*

Seulement le sang et la souffrance. Quelque chose de noir et de hurlant.

*Quelle texture fait sa chair sur la langue, entre les dents, dans la gorge ?*

Rien. Indescriptible. L'extase. Un cauchemar.

Il déglutit, se relève d'un bond, s'éloigne, désorienté, s'outrage de voir l'abomination encore étalée sous ses yeux. Veut battre les marins qui n'ont pas le réflexe de la retirer de sa vue. Plus personne ne la maintient, tous sont pris de stupeur. Elle s'est redressée sur ses coudes, indécente, les yeux noirs. De sa plaie s'écoule un mince filet de sang qui se tarit déjà. Dépassée par le mal ou frappée de folie, elle semble rire, bien qu'aucun bruit ne s'échappe de sa bouche.

Durant un moment d'immobilité sortilège, la victime regarde son immolateur, elle le tient dans la poigne de son esprit, le méduse. Elle boit à pleins yeux la physionomie du capitaine, l'aspire en elle, l'embrasse de tous ses sens, s'en sature. Elle emportera avec elle ses traits, son odeur, sa tournure, sa voix, dans les zones profondes où aucun homme ne saurait survivre. Elle tiendra son image captive. Et patientera, dans la lenteur marine.

Le temps fera son œuvre.

*Béni sois-tu...* croit-on entendre siffler entre les voiles qui claquent. L'équipage s'énerve. Le visage de la sirène s'affine dans un sourire qui les effraie. L'a-t-on entendue parler, est-ce le vent, perd-on la raison ?

Le liquide s'écoulant de sa cuisse est maintenant clair. Assise droit, elle leur apparaît soudain dans sa stature phénoménale, pratiquement le double de leur taille, qu'ils n'ont pas eu la clairvoyance de percevoir jusque-là. Déesse mutilée. Monstresse totale.

Un pas trébuchant à la fois, les hommes s'éloignent. Le capitaine se pétrifie face à elle.

*Toi*, le darde-t-elle des yeux. Son discours insonore éclate si fort sur le navire que les marins se bouchent les oreilles, plissent les yeux, grincent des dents. *Toi, homme vide, parangon de la médiocrité, je te hais, te méprise de toutes les fibres de mon être. Pourtant, je te bénis. Mon vase utérin, mon creuset, mon nid, tu es, dès à présent, ce que je chéris le plus au monde. D'entre tous les hommes, béni sois-tu.*

Sa bouche noire révèle encore une fois ses dents. Elle jubile, parce qu'elle sait désormais que son vœu le plus fervent sera exaucé. Sans tarder ou dans cent siècles, peu lui importe, elle sait attendre, elle a l'endurance du cœur que le miracle exige.

Elle rêve l'avenir, le désir si fort qu'elle en décide. La bouchée s'est logée en lui. Dès à présent s'enracine, dès à présent mûrit.

Promesse de joie.

Mille ans durant, la quête effrénée d'obtenir un rejeton d'elle, constamment résoute en échec. Désir frénétique, séduction brutale, copulation complexe, douloureuse, impraticable, abus d'endormis, vol de nourrissons, avortements glauques, rage contre le ventre infertile, rage envers les mâles impotents, rage face à la solitude. Mille ans à espérer l'apparition d'un *autre* qui serait sien, miroir distant, différent mais égal, dans les yeux duquel, enfin, ses yeux pourraient se baigner, trouver une paix.

Le capitaine est soulevé de nausée, porte les mains à son ventre gonflé, à son visage verdi.

*Mon amour*, crache-t-elle en sa direction, *ta violence est sans effet, ta cruauté futile, je suis inviolable, inentamable, hermétique, stérile, et je suis aussi renversement : c'est moi qui t'ai pénétré. Tu es fécondé. Ma semence s'est insérée en toi, ma laitance t'imprègne, fondue dans ton organisme, inextirpable. Tu es désormais porteur de ma chair. De tes entrailles éclora mon fruit, celui qu'éternellement j'attends : sois béni.*

Un silence insupportable s'abat sur le navire et maintient les membres de l'équipage hors du temps.

La terreur dépasse leur entendement, culmine, se fragmente.

Les libère.

Revenus à eux, les marins s'activent. Sans en recevoir l'ordre, ils s'empressent de jeter la créature par-dessus bord, avec brutalité, comme s'ils espéraient la noyer. Dans un réflexe expiatoire, le pont est nettoyé de toute trace, les tâches, reprises avec zèle. La pêche fabuleuse bascule dans le déni.

Dès que poignent les premières nuances du crépuscule, les esprits s'aseptisent au rhum, les cœurs s'épurent sous le ciel étoilé. Le tabou s'impose spontanément. Aucun ne soufflera jamais mot de l'événement, plusieurs connaîtront même une authentique amnésie, d'autres se convaincront d'avoir eu la berlue.

Un seul homme, auquel on n'adresse plus la parole sous couvert de respect, que l'on évite de son mieux et qui tend lui-même à se tenir caché, se voit interdit l'oubli.

Son ventre gronde, se crampe, l'empêche de dormir. Au bout de trois jours, il renonce aux vaines tentatives de se faire vomir, essaie de croire qu'il aura digéré sa bouchée, l'aura éliminée.

Isolé dans sa cabine la majeure partie du reste du voyage, il cultive sa nervosité, change de tempérament, délègue, tombe dans l'apathie. Pour s'exorciser, il consigne l'anecdote avec force détails et réflexions troublantes, rapporte la harangue de la sirène sur trois pages bien chargées, dans le journal de bord qu'il brûlera dès son retour en Bretagne.

●

Se terrant dans sa résidence de Quimper, il renoncera à la marine, se repliera sur lui-même, vieillira avec une rapidité déconcertante. Ne touchera plus le moindre mets de la mer jusqu'à la fin de ses jours, caprice qu'il s'expliquera mal et qu'il rattachera éventuellement à une terreur vécue lors de sa petite enfance, ayant vu un pêcheur s'entailler la main en écaillant un merlan, le sang mêlé à la chair frétillante.

Comme il se doit, le capitaine désormais arrimé à terre accomplira son devoir, gonflera le ventre de son épouse d'un cinquième et dernier enfant, avant de s'abandonner définitivement à la décrépitude. Quand il sera déjà désintéressé de tout, sa femme accouchera d'une fille, simple et anodine, la petite Abeline Nouët, presque jolie, rousse contre toute attente.

Celle-ci, tôt mariée, avortera d'une désespérante série de fœtus, mais parviendra, près de l'écueil des trente ans — prodige qui effraiera les superstitieux —, à mener une grossesse à terme. Viendra au monde une fille, Aenor Louarn, qui à son tour souffrira de nombreuses fausses-couches qui la feront dépérir, anomalie utérine à laquelle ne survivront que trois enfants, toutes femelles. Chacune, une fois atteint l'âge de la procréation, saignera avant terme à répétition, perdra plusieurs bébés difformes, n'accouchera que de filles, qui n'auront que des filles, qui n'auront que des filles.

# Écho V

Elle émerge du gouffre marin, de façon rituelle, chaque vingtaine ou trentaine d'années. À l'affût, ses traits assouplis par un profond recueillement, elle s'approche des rivages aux heures apathiques de l'aube ou du soir, quand les rares âmes qui se meuvent le font avec langueur ou discrétion. Elle sonde l'air rose, narines et âme dilatées, regard pénétrant les territoires de rocs, d'herbes et de terre, ausculte l'espace, discerne les présences différentes des autres. De toute son acuité, elle en suit les traces évasives. Spectacle lent sous ses yeux qui ne clignent pas. Une à une, elle les repère, les reconnaît : ses filles. Elles ont une iridescence subtile, un parfum salin à peine décelable, mais infaillible, qui les marque, qu'elles transmettent à leur progéniture. Certaines la perçoivent à demi, devinent sa présence, retrouvailles tronquées en un clignement d'œil. Ces filles se chuchotent : de la mer nous surveille une femme qui ne se révèle qu'à nous. Elle nous bénit, elle nous aime.

    Au fil des générations, les côtes de Bretagne embaument pour elle de notes familières, se colorent de teintes consolantes. Ses falaises et ses landes lui semblent presque hospitalières.

    Elle patiente

    Ses filles pullulent.

    Comme le semeur veille son champ, elle guette ses semences de loin, sans prendre le risque de fouler la terre où le vent les a disséminées. Maternelle, elle s'inquiète de leur germination longue, se rassure, jauge les pousses, escompte leur foisonnement. Attend l'éclosion de la fleur rare, celle qui nécessite des lustres d'élaboration. Celle qui ne se déploie que l'espace d'une nuit, pétales frémissants, gorgée de nectar : prodige de sensualité.

Ses filles naissent et s'éteignent, étincelles fugaces.

La fleur n'éclot pas.

Elle ignore si l'espoir est une variation de la torture, et continue de se l'infliger.

S'endort, revient, attend, observe.

•

Au bout d'un peu moins de deux cents ans, elle voit enfin sa réponse, minuscule, posée sur le miroir d'une plage mouillée, s'avancer vers elle de quelques pas hésitants. La façon dont son petit corps bouge, résonne de vitalité, vibre sous la lumière, clame son unicité. Elle est la miraculeuse avant-dernière. Le signe précurseur du bonheur. Bulbe miniature d'apparence à peine viable, où se concentrent déjà les sucs précieux. La fleur attendue en émergera.

La petite est seule. Dans son dos, la terre s'efface, il ne semble y avoir qu'elle au monde, fillette surgissant à l'orée du brouillard. Une chose encore puérile, flottant dans son cotillon de grosse laine, aux mains potelées, aux cheveux blonds, au front bombé de rêves et de pensées irrationnelles. Une goutte de feu au fond des yeux.

Coup au cœur : elles se reconnaissent. S'abreuvent l'une de l'autre. L'aube se cristallise autour d'elles, s'incline devant l'instant sacré.

Rien n'est dit, tout est laissé latent, à deviner, en temps voulu.

La mère, rassérénée, laisse son enfant sur la plage.

Disparaît soixante-six ans, attend la floraison.

## Lettre sans but IV

Merwen, elles auraient dû susciter en moi de l'inquiétude. Vingt ans durant, elles se sont démultipliées, autant d'avertissements auxquels j'ai été sourde. Elles surgissaient du néant, l'une après l'autre, criant un même message limpide dont je ne me préoccupais pas.

Dahut a été ta première. Puis elles sont devenues innombrables. Dès tes balbutiements de sculpteur à Paris, tu t'es employé à les faire jaillir de la matière. Et tu n'as plus su te détourner d'elles le restant de tes jours.

Ton célibat à lui seul aurait dû m'alarmer. Aucune femme de chair et d'os ne pouvait s'ancrer dans ta vie. Car elles, tes géantes, imperfectibles à tes yeux, leur faisaient trop d'ombre.

Aujourd'hui, je récite leurs noms, les repasse en mémoire avec minutie. Avec remords, aussi. Comment n'ai-je pas su voir plus tôt ? De quelques-unes d'entre elles j'ai un souvenir net, mais la plupart me reviennent sous une forme estompée, approximative. De leur posture, du grain de leur matériau, de leur envergure, je ne conserve qu'une notion assez impressionniste. Je dispose aussi, pour me les rappeler, de ces quelques photographies que tu m'as envoyées au fil des ans, que j'ai exhumées de leur petite boîte, que je tourne et retourne entre mes doigts. Je crains et souhaite tout à la fois les échapper au vent, pour les voir tournoyer dans le vide entre la falaise et l'horizon, puis tomber dans la mer. Je me penche sur ces petits rectangles délavés, plisse les yeux en vain. L'humidité a volé les détails, tes sculptures ont l'air immatérielles, spectrales.

Et toi. Oh, Merwen. Les traits de ton visage m'absorbent, me frustrent par leur flou.

Sur l'une de ces photographies, tu poses debout aux côtés d'une baigneuse massive, taillée dans un grès blanc. Il me semble que tu souris. De fierté — que tu aurais sans doute voulu que je partage. Ton visage s'efface, mais je vois à quel point tu rayonnes d'une manière inouïe, d'une joie que je ne t'ai jamais connue lorsque tu vivais avec moi en Bretagne. Ta main se pose sur la cuisse costaude avec une précaution incongrue, comme si elle était d'une grande délicatesse, aussi fragile qu'un œuf de caille.

Tu *aimais*, Merwen. Même si je n'y comprends rien, je ne peux le nier : tu savais ce qu'est aimer.

Tes œuvres, chacune ton amante le temps de sa fabrication, n'avaient qu'une seule finalité : m'annoncer ta folie, me prévenir de ta fin. En ton absence, je les imagine hanter ton atelier, suspendues dans des poses intenables, des tonnes de pierre, de bronze et de glaise faisant abstraction de leur poids, devenues pratiquement aériennes. Majestueuses, oppressantes, se couvrant de poussière. Tes muses désormais muettes.

J'ai mis du temps à saisir ce qui les unifiait. D'ailleurs, j'ai simplement tardé à m'y intéresser. J'ai repoussé ma visite à Paris le plus longtemps possible, je me suis abstenue d'accorder la moindre attention à ton œuvre jusqu'à ce que tu m'y forces, il y a sept ou huit ans. Ce n'était pas par indifférence, comme je le prétendais à l'époque, mais à cause d'un malaise. À mon œil de femme mûre, de veuve comblée de l'être, de mère soupçonneuse, tes sculptures ne semblaient avoir qu'un seul point commun : leur complaisante nudité. Je n'y reconnaissais rien de plus édifiant que l'expression de ton désir d'homme. Tant de chair, de seins, de mamelons, de hanches arrondies. Ton atelier m'étourdissait. Me révulsait un peu. Je voyais les formes, mais ne discernais rien. L'âme de tout cela m'échappait. Il aurait pourtant fallu que je les étudie, ces montagnes de chairs, que je sonde un tant soit peu l'intention sous ton travail. Ton destin était prédictible, étalé devant moi.

Je crois que je tenais à y rester aveugle.

Ton panthéon est maintenant complet, ton œuvre close. Quarante-sept muses, pour autant que je sache, à moins que tu en aies produit d'autres dont tu m'auras gardé l'existence cachée. J'ignore où elles se trouvent, éparpillées entre jardins, salons et collectionneurs, ou entassées dans un hangar oublié, dont personne ne songera à me remettre la clé. Où qu'elles soient, elles sont, pour moi, perdues. Mon cœur inconsolable en détient une collection lacunaire, que de mauvaises copies déjà érodées et que chaque minute qui s'écoule détruit. Pour le temps qu'il me reste, je les chéris, les visite, revisite avec obsession.

Enfin, je les vois.

Seras-tu heureux de me l'entendre dire, Merwen : je les vois, je les comprends.

Ton idée fixe m'apparaît aujourd'hui avec clarté. Mon instinct maternel, engourdi de ton vivant, aiguillonné en retard, ne sert plus qu'à me tourmenter. Je vois et suis impuissante. Il était depuis toujours trop tard.

Ta *Belle aux nymphéas*, douce et alanguie, s'extirpe du marbre comme d'une boue, son visage entièrement caché sous sa chevelure liquide qui coule de son crâne vers ses genoux. Couronnée de fleurs d'eau, je la vois : c'est une ondine des marais. Le bas-relief au fond laqué bleu de Prusse, que tu appelais ton *Masque*, pièce de terre cuite que j'ai toujours trouvée aussi paisible que suffocante, présente une sorte de demi-visage qui émerge de la laque sombre. Ce sont le front, le nez et la bouche d'une naïade effleurant la surface de l'eau. Quant à ta *Danaé*, repliée sur elle-même, pleurant dans ses mains, ce n'est pas celle fécondée par la pluie d'or, qui en a inspiré tant d'autres, mais celle que son propre père a enfermée dans un coffre de bois et jetée à la mer : une Danaé marine. Sans oublier ton *Ophélia*, toute de grâce à l'horizontale, ondoyante, sa chair de bronze rendue d'une époustouflante légèreté, tu l'as immortalisée au moment où elle rejoint le lit de la rivière.

Qu'importait la matière choisie, tu n'en faisais jaillir que des femmes ruisselantes, en apesanteur, soulevées ou ballottées par des courants invisibles : toutes, sans exception, aquatiques. Et la majorité d'entre elles semblaient prises d'apathie, au paroxysme de l'abandon, plongées dans un sommeil frôlant la disparition. *Noyées.* Tes muses des eaux évoquaient la noyade. Et cela encore, avec sensualité. Avec une sorte de frisson sacré. Idolâtre irrécupérable.

Que savais-tu, Merwen ? Quel désir insensé cultivais-tu, au vu et su de chacun, sur vingt épouvantables années ? Comprenais-tu la nature de celle que tu adulais ?

Elle erre de par le monde la nuit pour tenter les hommes et leur faire émettre leur semence. Si elle trouve une maison où un homme dort seul, elle le visite, l'imprègne, s'attache à lui, éveille son désir afin de lui soutirer une progéniture.

Zohar, 1 : 19b

*14 août, Montparnasse, Paris, atelier de Merwen, du milieu de la nuit jusqu'à l'aube*

Des vents brusques secouent le ciel, le purgent à grands souffles. Au-dessus des toits, leur voix hululent et tonnent depuis des heures. Affrontements invisibles, claquements, chavirements ; leurs danses colossales absorbent Merwen. Il se tient, yeux fermés, entre les vantaux ouverts, non plus dans son atelier, non pas encore sur le balcon, sur la fine ligne entre l'intérieur et l'extérieur. Respiration. Derrière lui, l'atelier dort, devant lui, le jardin ondule. La nuit s'infiltre dans la pièce, sa pensée s'en évade. S'il sortait s'abreuver au début de tempête, il n'aurait accès qu'à des fragments de ciel entre les branches agitées, pâle reflet du vrai prodige ; voilà pourquoi il préfère ne pas poser les pieds dehors. Merwen ferme les paupières. Il connaît la nuit. Elle l'inonde de l'intérieur. Telle que la lande la lui a révélée, telle que la ville l'ignorera toujours : vaste à vous sidérer, brasillant d'étoiles et, pour l'œil patient, parcourue en filigrane par l'arche poudreuse de la Voie lactée qui s'élance en torsades d'un bout à l'autre de l'espace, au-dessus du miroir brouillé de la mer.

Une bourrasque fait une irruption sonore dans l'atelier, se glisse sous sa chemise, embrasse les frisons de sa barbe. Merwen sourit. Ouvre les yeux, contemple le décor, examine ses mains ouvertes dans la clarté oblique. Ses mains calleuses, marquées d'anciennes entailles et de coupures nouvelles, toujours gorgées de sang, un peu bosselées aux jointures, aux ongles perpétuellement cerclés de terre ou de poussière de roche. Rendues étonnamment laiteuses sous la lune.

Mes mains qui m'expriment mieux que ma voix ne saurait le faire, mes mains qui ignorent comment mentir.

Mon vrai visage.

Comme il les observe, il sent tout à coup, entre ses paumes, monter la volupté de la matière, le picotement que provoque le besoin de pétrir, la ténacité visqueuse de la glaise, les formes qui s'érigent, cèdent ou s'affermissent suivant sa volonté. Oui, en cet instant même, sous ses yeux, ses mains endormies rêvent, fantasment la sculpture.

Encore et encore, le désir.

Il lève les bras devant lui à hauteur de poitrine, empoigne l'air, se met à malaxer le vide. Il sent se modeler sous ses doigts les contours d'un corps. Les dômes, les dénivelés, les lignes sinueuses d'une chair qu'il fait naître.

Seul dans l'atelier, entraîné dans un acte de sculpture imaginaire, Merwen s'active, travaille les masses, les nourrit, les plie, les allonge. Se forme peu à peu, dans le clair-obscur, une silhouette. Celle d'une femme, évidemment. La même, de façon rituelle, depuis une vingtaine d'années, et cependant jamais identique. Mutable. Mouvante. Presque saisissable, en constante esquive.

*Elle.* Qui l'obsède. Qu'il doit sans cesse recréer. Qu'il doit, à répétition, redoter d'une âme : *ranimer.*

Il la voit. Glaise grise dans la clarté lunaire. Les chairs s'amplifient, s'arrondissent, les tendons se découpent, les veines effleurent la peau. Ses mains infatigables lissent, poussent, creusent le côté des fessiers juste au-dessus du relief osseux du fémur, forgent les deux lagunes lombaires sous les reins, pressent entre les côtes les sillons thoraciques, remontent peu à peu, travaillantes, dévouées, vers la nuque. Dos songeur, épaules souples, gorge aux muscles tendres, palpitants de vie.

Merwen déchante d'un coup, ses mains se relâchent, laissent les formes fictives se réabsorber dans l'air dont elles étaient issues. Le rêve de glaise disparaît.

Le vent crache un grand coup, les portes sautent dans leurs gonds.

Jamais il ne parvient au visage. Dès que ses pouces s'enfoncent dans la délicate ornière sous la mâchoire, dès que l'espoir d'un menton ou de joues se dessine dans l'espace, une sorte de paralysie coule dans ses veines, lui désosse les doigts.

Chaque fois, le phénomène le perturbe. Le déçoit, le laisse inassouvi.

Ses mains ont une pudeur étonnante, une sorte d'humilité qu'il ne parvient pas à surmonter. Plusieurs douzaines de fois, en symbiose avec les plus intimes creusures et renflements de la chair, il a modelé son corps — qu'il connaît, adore, module à son gré. Invariablement, il perd ses moyens au-delà de la gorge. L'hésitation le transit, son talent s'évapore. Quels traits choisir, quel faciès lui apposer ? Quelle ligne du nez, quelles arcades sourcilières, quelle courbure du front, quelles lèvres surtout seraient assez augustes, caractérielles, aphrodisiaques tout en demeurant pures, nobles mais animales, mais fraîches, mais éternelles ? Ses premières tentatives, il y a longtemps de cela, quand l'habitait encore la naïveté des débuts, ont toutes abouti au mensonge. Lui ont fait l'effet inexplicable d'un blasphème.

Avant d'abdiquer complètement, il a tenté de se nourrir aux sources, auprès des œuvres des grands maîtres, à étudier les traits de leurs Vierges et de leurs Vénus. Aucune n'a su le convaincre, le rejoindre dans le plus sensible de sa personne.

S'il avait croisé son visage en photographie, dans une fenêtre, au milieu d'une foule, il aurait aussitôt tout abandonné pour s'en emparer, à deux mains, pour le caresser, le vénérer des doigts, le mémoriser, en couler un masque, le répliquer, le posséder. La rencontre ne s'est jamais produite. D'autres ont connu la révélation d'une Simonetta Vespucci, d'une Elizabeth Siddal, d'une Camille Claudel. Pas de bénédiction pareille dans son cas. Les traits absolus se dérobent à lui.

Conséquemment, tout au long de sa carrière, il s'est soumis à l'impératif d'éviter les visages, secret honteux dont il a su, pour un certain temps, faire un jeu. Il a d'abord opté pour la voie des subterfuges : toutes les femmes auxquelles il donnait forme se couvraient la figure, dissimulaient leurs traits sous leur chevelure, un voile, leurs mains, des fleurs. Ses collègues y ont vu un choix stylistique, les critiques sa marque distinctive, quand il n'y avait là qu'un aveu d'impotence. Puis, lassé, il a emprunté la voie radicale, une façon de tourner sa défectuosité en art : il a ouvertement défiguré ses œuvres, en leur laissant une zone de pierre brute là où aurait dû se trouver la plus fine expression de leur caractère. Ou en les décapitant, solution extraordinaire de simplicité. En les présentant étêtées, tronquées à partir du cou, l'infini de l'univers à la place du crâne, la massivité du vide en guise de visage.

Telles que sont les déités : impossibles à affronter. Inconnaissables.

L'air somnambule, Merwen se détourne du balcon, réintègre son atelier, arpente les couloirs entre les tables de travail où reluisent ses poinçons, ciseaux, gradines, qu'il effleure au passage. Un peu partout autour de lui s'érigent des tabourets sur lesquels sont hissées des idoles taillées dans la pierre, des nymphes coulées dans le bronze. Chacune sans figure.

En ont-elles seulement besoin d'une ? médite-t-il, pour se rassurer.

Les seins sont des yeux dont les mamelons deviennent les prunelles. Ardents, expressifs. Translucides de vérité. Tombants ou en amande, ils peuvent toiser avec effronterie, se détourner par timidité, naviguer l'espace avec la subtilité d'un regard en coin. Quant à la ligne descendant du plexus solaire au nombril, elle reprend, à sa manière, l'arc révélateur du nez : elle est aquiline, busquée, camarde, retroussée. Le ventre, bien sûr, a ses propres lèvres, qu'il ne faut pas montrer. Mais juste en modelant la rondeur de ses graisses, en l'incurvant, en l'étirant, l'abdomen peut s'épanouir en sourire, se creuser de fossettes, avoir une moue craintive. Les flancs ont parfois des inflexions troublées, un lissage confiant, les clavicules se haussent en sourcils attendris. Il est possible de faire en sorte qu'une aisselle paraisse hautaine, qu'une fesse soit émue, une épaule farouche. Mes sculptures parlent, s'émeuvent, s'affirment. Oui, je les prive de traits, mais elles ne sont que cela : de saisissants visages.

De la main lourde de celui qui a façonné, Merwen caresse un plâtre, sent la texture friable lui poudrer les doigts, puis s'en détache, tiraillé par sa prochaine œuvre qui exige sa venue au monde. Elle l'appelle. Elle se tient là, tout au fond de la pièce, près de la porte principale. Effrayante, magnifique. Encore informe aux yeux de tout autre que lui. Son armature de grille métallique rutile doucement dans la clarté bleue.

Magnétisé, il s'en approche, tend des mains en sa direction, mime dans l'air l'amplitude qu'elle prendra au bout d'une centaine d'heures de modelage. Il la voit, telle qu'elle sera. Sa beauté l'émeut d'avance.

La structure en fil de fer a des proportions considérables, environ deux mètres en hauteur, cinq en largeur. Elle évoque un corps tentaculaire, sommairement constitué de deux masses baroques spiralant à horizontale, entre lesquelles se trouve un espace vide, une fente étroite qui le fait frissonner. Ce sera inhumain. Une sorte de portail organique. Absolument érotique. Essentiellement féminin. De taille suffisante pour qu'un homme adulte puisse s'y glisser s'il courbe la tête. À la fois le plus mystique et le plus sacrilège de tous ses projets. Merwen le contemple, ses mains s'irriguent de sang. Il touche la grille, hallucine les courbes à venir, les détails à faire éclore. Son pouls s'accélère, il louche vers la truelle, la filasse et les sceaux de plâtre, veut se remettre à l'œuvre, mais l'heure de la nuit et la déficience de l'éclairage artificiel le dissuadent. « Demain, chuchote-t-il comme une promesse. Dès demain matin. »

Sur le mur du fond, une demi-douzaine d'images surplombent la sculpture, semblent veiller sur sa confection. Ses sources d'inspiration. Merwen y lève les yeux, les discerne à peine dans la pénombre, mais la précision de son souvenir pallie sa vision. Ce sont des photographies prises lors d'un pèlerinage de jeunesse dans divers monastères, cathédrales et prieurés de Grande-Bretagne et d'Irlande. Elles montrent en gros plan des sculptures ornementales datant de l'époque médiévale, naïves et outrageantes, dénichées dans les replis et recoins de l'architecture de ces lieux sacrés : corbeilles de colonnes, panneaux latéraux de bancs ou miséricordes de stalles de chœur. Toutes ont pour objet une même figure, à la fois fascinante et grotesque, d'un paganisme qui détonne en contexte chrétien : une femme nue, indifféremment jolie ou affreuse, aux seins ronds comme deux fruits prêts à être cueillis, brandissant parfois un peigne et un miroir, le plus souvent saisissant à pleines mains ses membres inférieurs : deux queues de poisson qu'elle tient largement écartées. Geste ahurissant. Portes grandes ouvertes, accueil complet, offrande brûlante.

Merwen contemple les photographies, ses yeux s'humidifient, sa gorge s'assèche. Un voile de sueur lui couvre le corps.

L'ensorcellement ne se lève pas, en dépit des années.

Il n'avait que vingt-deux ans la première fois où il a aperçu l'une de ces sculptures dans une église. À travers un nuage d'encens, là-haut, au sommet d'un pilier de pierre, il a d'abord remarqué la douceur inusitée des seins. Puis la crinière échevelée, l'expression impassible, la posture dénuée de pudeur sans pour autant être impudique et, finalement, le bas du corps. Pure merveille. Ébahi, il se souvient avoir alors pensé que, si telle avait été la déité vénérée dans ce lieu, il se serait consacré à son culte sur-le-champ, sans même éprouver le besoin d'apprendre son nom.

Le prêtre interrogé à son sujet a eu beau prétendre que cette sirène servait de mise en garde, inutilement affriolante, contre la luxure et la vanité, Merwen n'en a rien cru. Son sang lui indiquait autre chose. Lui est alors revenu en mémoire ce que lui avait enseigné sa mère durant son adolescence — l'une de ses mères, la moins maternelle et la plus loquace des cinq, celle qui était, anecdotiquement, sa génitrice. À la croire, cette sculpture ne pouvait être qu'un reliquat d'un mythe ancien, un vestige infime mais persistant, impossible à étouffer tout à fait, d'une divinité archaïque. La sirène se trouvait là par la force de la dévotion populaire qui avait su, à l'aide de prétextes et de moyens détournés, la réintégrer dans les enceintes sacrées, auprès des autels, à sa place désignée.

Entraîné dans un voyage sur les terres celtes, Merwen a bientôt constaté que l'étonnante sculpture qu'il avait dénichée n'était pas la seule à avoir su se glisser à l'intérieur d'une église : il en a débusqué d'autres à Crowcombe, à Zennor, à Nately Scures, à Clonfert. Mais de toutes les sirènes de bois ou de pierre ecclésiastiques qu'il a pris soin de photographier, celle-là spécifiquement, dotée d'une double queue — « bicaudale », il apprendrait ce mot —, attisait un feu fondamental chez lui. Au bout de recherches étalées sur des années, il trouverait quelques-uns de ses noms : Mélusine, Scylla, Atergatis. Conscient qu'aucun d'eux n'est parfait, seulement une facette de l'agrégat de noms qui lui sont attribués.

Mélusine. Amante bienfaitrice, à l'amour ardent mais conditionnel, inculque durement qu'il faut savoir quand contempler, quand baisser les yeux. Face à elle, il faut se montrer reconnaissant des bontés reçues sans en analyser la mécanique mystique, pénétrer le mystère les yeux fermés, épouser volontiers l'inconnu.

Scylla. Monstresse étrusque qui guide la grande traversée, du royaume des vivants à celui des défunts. Elle-même, dans sa chair écartée, est brèche entre deux mondes, dans laquelle il faut pénétrer confiant, nu et seul, tel qu'on l'est à la naissance.

Atergatis. *Magna Mater* syrienne, noyée dans la mer par amour, ressurgie de la mer pour l'amour, incarne le ventre matriciel de l'éternel retour, dans lequel elle apprend à s'immerger, à s'immoler, continûment.

Déesse aux cent noms, aux cent visages.

Sans nom, sans visage.

Merwen se détache de quelques pas de son œuvre, la visualise dans sa globalité : une porte lascive, de stature imposante et pourtant de passage étroit, non pas composée de pierres, mais de chair marine et féminine, de chair élastique et roulante, révélant parfois quelques ventouses de pieuvre, les ondulations de nageoires, la structure osseuse de hanches humaines, d'un dos incroyablement cambré vers l'arrière. Le tout conjurant l'ouverture troublante, l'appel irrésistible des sirènes d'église.

Aspiration du gouffre.

Toujours plus creux, toujours plus bas, vers le fond, dans la nuit des abysses.

Merwen cligne des yeux à répétition, sa capacité à maintenir la vision diminue, la fatigue le frappe. D'un coup, les formes de plâtre se dissolvent, les chairs se volatilisent, ne reste plus devant ses yeux que le squelette de fil de fer, sans beauté évidente, presque insignifiant. Il se frotte le visage, reconnaît les signes du manque de sommeil, se détourne de sa sculpture, un vague à l'âme. Comme mille autres nuits, ses craintes montent, il se rassérène de façon machinale, se répète jusqu'à s'en convaincre que la force créatrice lui reviendra le lendemain, qu'il sentira à nouveau, qu'il saura matérialiser ses contemplations. Son portail mélusinien saura l'attendre.

Il pourra. Il saura.

Il chancelle au milieu de son atelier, prend conscience de l'heure tardive. L'indigo de la nuit perd en vibrance, tout s'assombrit. Dehors, les vents brutalisent toujours le ciel.

Merwen monte à l'étage, découvre la musique particulière que jouent les murs qui gémissent, les volets que font claquer les bourrasques, accompagnés par le froissement vigoureux des arbres juste sous les fenêtres.

L'atmosphère inquiétante lui plaît, lui donne l'impression qu'un événement exceptionnel doit arriver. Il prend une profonde inspiration. Parfum de vent. Malgré le vacarme, ou plutôt à cause de lui, il se sent glisser dans un état de demi-sommeil, et poursuit sa montée vers la mansarde. Tout là-haut, dans l'angle du mur en pente, l'attend un lit d'appoint qui lui apparaît, dans les circonstances, comme le summum du confort. Après une toilette simple, il se coule sur le matelas, se love contre lui-même, cesse de penser et s'endort.

Attraction de l'abîme. Succion vers le bas.

Son sommeil est vide et serein durant la première heure. Profonde réparation du corps.

Puis vient le rêve, qui fond sur lui et l'englobe dans un banc de brouillard. Ombre, silence. Merwen aperçoit, tout au loin, flotter un anneau blanc. Moins un objet qu'un symbole, qui s'impose dans la vacuité, exige d'être déchiffré. Subjugué, il avance de quelques pas en sa direction. Autour de lui, la noirceur s'anime, tournoie en bouillons, émet de curieux gargouillis. Le cercle prend de l'ampleur. Irradie ce qu'il ne pourrait décrire autrement que comme une lueur au cœur noir, l'éclat froid d'une éclipse lunaire. Face cachée de la Lune, déesse perdue, au visage volé. Merwen, galvanisé par l'anticipation, ne sait plus s'il avance de sa propre volition ou s'il reste pétrifié sur place tandis que le cercle se rapproche de lui.

Un grondement, auquel il était sourd jusque-là, lui emplit les oreilles, résonne dans sa poitrine. On dirait le tumulte d'un torrent. Il lui semble alors pure évidence qu'il ne fait pas face à un anneau ni à un astre, mais à une sorte de cavité. Se dessinent au-devant lui les contours lumineux d'une issue, d'un précipice. Sous ses pieds qui soudain ressentent la mouillure, à moins d'un mètre au-dessus de sa tête, à sa gauche et à sa droite tournent des murs d'eau tonnante. L'humidité environnante le transperce, le parfum marin le submerge. Au-devant de lui s'allonge un extraordinaire tunnel d'eau sombre où fusent des éclats de cobalt, d'améthyste et de sinople. Le rêveur se trouve au cœur d'une puissante trombe d'eau, dans l'œil d'un tourbillon qui l'aspire, toujours plus creux, vers l'inimaginable sous-sol de la mer. En dessous du par-dessous, à la source du profond.

Au moment de cette prise de conscience, Merwen s'ouvre avec joie, se donne en oblation, bras et jambes écartés en étoile humaine. Il se laisse engouffrer.

Le rêve s'arrête là. Merwen se détend, devient inerte. La nuit se poursuit, vide d'images, pleine des hululements du vent.

•

Loin à l'ouest, près des côtes rocheuses, une tempête phénoménale se trame. Quelque chose au fond de lui vibre au diapason de cette agitation. Son corps épuisé dort avec une sorte de gourmandise, comme s'il dévorait le repos, s'en gorgeait pour compenser la fatigue de son existence entière. Sa respiration est pleine et longue, il se nettoie d'air.

Les heures s'écoulent.

Vers la fin de la nuit, un second rêve s'impose à lui. Il éclot dans son esprit avec une impressionnante gravité, sur un tintement de cloche. La scène qui lui apparaît est confondante : Merwen observe une réplique fidèle de la mansarde qu'il a élue pour chambre à coucher. Chaque objet semble en tout point identique à sa contrepartie réelle, le parquet usé, le chiffonnier de bois, la vasque de porcelaine, la vieille patère où pendent ses vêtements, au détail près que la pièce est dépourvue de plafond, s'ouvre en hauteur sur un infini brumeux. Tout là-haut scintillent encore des étoiles qui pâlissent. Merwen s'assoit dans son lit, savoure l'immobilité. Il sait qu'il rêve et il sait que ce rêve est plus crucial que tout ce qu'il a vécu éveillé.

Devant son lit, juste au niveau de son regard, s'allume une langue de feu, une goutte de brûlure en suspension. La petite flamme flotte ainsi un instant. Puis elle grimpe dans l'espace, se gonfle en crépitant, quadruple, quintuple de taille, jusqu'à prendre peu à peu une forme humaine.

Apparition. Arrêt du temps, aplatissement de l'espace. Merwen a des palpitations.

Dans sa chambre se tient, incandescente, une femme. Elle plane, agenouillée dans l'air, majestueuse, avec une placidité d'icône, à la manière d'une madone qui serait assise, ou d'un bouddha qui serait femme. Se dégage d'elle une sensualité dense, somptueuse, presque suffocante.

Sa peau a la couleur des jeunes flammes, celles qui commencent à peine à dévorer le bois, un doré des plus clairs. Dans l'éclat aveuglant qu'elle diffuse, Merwen entraperçoit par moments un œil, les courbes d'une bouche, la ligne d'un nez, jamais l'entièreté du visage. Elle le regarde avec une bonté ambiguë, sans sourire tout à fait. Son expression est plutôt celle d'un douloureux savoir. Un secret. Elle inspire aussi une volonté aiguë, inflexible, capable de violence. Devant elle, Merwen se défait d'adoration. Incapable de se prosterner, il s'effondre plutôt à la renverse sur son matelas, prenant appui sur ses coudes qui tremblent.

Elle emplit sa vision de rouge radieux. Ses cheveux ont la teinte du sang frais, l'intérieur de sa bouche reluit comme une papaye ouverte, ses lèvres s'enflent d'un coquelicot culminant. Ses iris même semblent de la couleur du grenat. Autour de son corps flotte un voile de soie translucide du plus franc vermillon, qui passe, sans les recouvrir, autour de sa gorge, sous ses coudes, près de ses hanches, qui ne la vêt en aucune manière, rehausse plutôt son intransigeante nudité.

L'apparition le réchauffe jusqu'à la béatitude. Conservant sa posture singulière, assise sur ses talons, les genoux écartés, à cheval sur l'air, elle avance vers lui, planant au-dessus du lit, le long de ses jambes, pour arrêter sa progression au point bouillant où leurs bassins sont en vis-à-vis. Elle ne s'assoit pas de part et d'autre de ses hanches, ne le touche pas. S'incline simplement vers lui. À travers le halo, Merwen discerne son regard, plongé dans le sien, qui l'assujettit si bien qu'il en perd toute vision périphérique et la conscience même de son propre corps. Dans le flou qui se substitue à sa vue, il lui semble alors percevoir qu'elle tient entre ses doigts un long dard doré, dont la pointe rougeoie. À coups répétés, elle la lui enfonce dans le bas-ventre, atteint la racine même de ses organes, qui entrent en combustion. Merwen renverse la tête, gémit, ne parvient plus à rouvrir ses paupières, perdu à l'intérieur de lui-même, s'enfonçant dans une félicité sans fond qui le terrorise et le ravit également.

Il se réveille en sursaut, mouillé de sueur, cherchant son souffle, avec une érection si vive qu'elle confine à la douleur. Sensation lancinante, plus émotionnelle que physique. Dans une seule et même seconde, il rage contre sa perte, étouffe une panique, veut s'effondrer en larmes, exulte de l'avoir presque tenue. Il remue dans sa couchette, cherche des yeux autour de lui dans l'espoir insensé qu'elle réapparaisse, que son rêve le réengloutisse.

Quand les sens lui reviennent et qu'il parvient à faire un peu de calme en lui, Merwen est habité par une conviction inébranlable. Ses deux rêves de la nuit, l'anneau de lumière et le dard de feu, se conjuguent et ont ensemble une signification qui lui paraît limpide : il doit absolument, ce jour même, se rendre en Bretagne, à Plogoff, rejoindre ce bout de lande reculé, choisi par sa vieille mère pour sa sauvagerie. Il ignore de quelle manière son esprit a opéré le raisonnement, mais ne doute pas de la conclusion qu'il en tire. Deux mots, tout simples, emplissent sa pensée, s'y réimposent de minute en minute : *ta Mère, ta Mère, ta Mère*. La Bretagne clame son nom, la lande l'appelle ; quand il ferme les paupières à demi, il voit même apparaître devant lui les miroitements de la mer Celtique.

Merwen se lève. Il remarque dans la petite fenêtre les couleurs du matin. Désorienté, il s'empare de vêtements qu'il plie, déplie et considère avec perplexité. Il tente de laver son visage et, dans son égarement, boit plutôt l'eau qu'il a prise dans le creux de ses mains. Il doit organiser son départ sans tarder. Revoir, le plus tôt possible, sa mère.

À présent qu'il se trouve une troisième sorte
de femmes parmi les hommes.
Parmi eux, il y a la femme qui donne naissance
et celle qui ne le peut pas.
Que désormais s'y trouve aussi la démone,
l'Exterminatrice,
Qu'elle arrache les enfants du sein de leur mère !

*Épopée d'Atrahasis*, III d1

*Fin du troisième jour, pointe de Feunteun Aod, ciel ocre épouvantable*

Sylvette n'a pas eu l'occasion de fermer l'œil. Dès l'instant où Marie-Morgane s'est redressée dans son fauteuil en serpent désengourdi, la vieille femme s'est sentie brisée. À l'intérieur d'elle, une déchirure sans remède, la fracassante débâcle de ce qui tenait encore par quelques bouts de fil, pratiquement un soulagement, comme lorsqu'on vous arrache enfin une dent malade.

Ensuite, la matinée s'est écoulée dans une sorte de brume cotonneuse, une fluidité des gestes, une simplicité des états, une absence de sons. Se sont ensuivis le midi, puis l'après-midi, tout aussi coulants et blafards. En vérité — vérité qu'elle peine à s'admettre —, Sylvette a passé la quasi-totalité du troisième jour en vestale éberluée, en pantin obséquieux. À contenter des caprices qui n'ont pas eu à être exprimés, à répondre à des désirs avant qu'ils ne se forment. Et à ressurgir parfois, tout étourdie, de ses absences de servitude, pour aussitôt s'y replonger avec la gratitude de celui qui ne veut pas se réveiller.

En ce moment, Sylvette subit l'une de ces prises de conscience passagères. Elle se tient debout au milieu de la cuisine, bras atones, dos courbé, l'air égaré. Devant elle, la table est bondée de vases, de verres, de bols et de coupes de toutes sortes, remplis d'eau, d'où débordent des gerbes de bruyères, de trèfles blancs, de lotiers et d'herbes quelconques. Sylvette reste pantoise face à ce décor. Regarde ses mains en se demandant si c'est elle qui a cueilli ces bouquets. Réalise qu'elle tient un couteau de cuisine. Un moment, l'objet la tracasse. Puis elle se souvient : il faut l'immortaliser, à l'instant, sans attendre. Faire le portrait de Marie-Morgane, avant que sa mémoire ne lui fasse défaut. Avant la fin du pacte. Le choix du couteau pour accomplir sa tâche lui semble à peine étrange. Probablement qu'il ne reste plus dans la maison de feuilles de papier qui soient encore vierges, probablement que les crayons se sont avérés peu efficaces sur les murs en pierre, d'où la nécessité de recourir à un autre instrument, à une autre surface.

S'installant à la table, Sylvette repousse un peu les vases et les verres qui l'encombrent, libère un pan de bois lisse sur lequel elle commence aussitôt à graver, avec soin, de la pointe du couteau. La vieille femme le tient par la lame, il n'est pas trop coupant. Elle entreprend d'abord le visage, dont elle saisit plus ou moins justement les contours, évoque le nez, l'ovale des yeux, néglige la bouche, qu'elle ne saurait en aucune façon reproduire. S'attaque aux cheveux, amples, ébouriffés ; elle travaille longuement les frisures rêches, oublie pour plusieurs minutes la créature à laquelle ils appartiennent, oublie même qu'il s'agit de cheveux.

Quand elle se détache du dessin, elle s'en étonne. Un malaise l'envahit. Sylvette se ressouvient de la nature et de la raison du projet en cours, le reprend de plus belle.

Le corps : voilà ce qui importe, voilà ce à quoi il lui faut s'attarder. Ce qu'il lui faut figer pour l'éternité dans le bois de sa table. Les épaules larges, les seins plus que discrets, le contraste infime entre la taille et les hanches. Torse longiligne, jambes interminables. Sylvette entaille et gratte, ses mains arthritiques se crampent, la peau de ses doigts s'abîme contre le tranchant, mais elle continue. Jusqu'à ce que la figure, d'allure très peu humaine, soit complétée.

Le couteau tombe au sol, fait la toupie en s'éloignant sur le plancher. Sylvette considère avec dégoût sa tentative de portrait. Non, je ne la capture pas. Je suis sans talent. Pourquoi ai-je cru que...

Elle se relève, se triture les mains, cherchant le prochain geste à poser, grappillant l'air à la recherche de ce qui lui échappe. La somme de ses mauvaises décisions s'écroule sur elle en avalanche. Elle regrette, regrette. Combien ai-je perdu mon temps ! Les soixante-six dernières années, gâchées, à l'attendre niaisement, à ne pas savoir adéquatement me préparer. Ces dernières heures surtout, trois jours entiers, deux nuits oiseuses, gaspillés, à m'échiner à faire la conversation, à tenter de réfléchir, à m'acharner à coucher l'événement sur papier. À ne rien accomplir du tout. Il m'aurait fallu plus de détermination, il m'aurait fallu un esprit systématique.

Elle fixe le vide sans ciller, hoche la tête : maintenant que le temps lui manque, la marche à suivre lui semble aller de soi. Son premier réflexe aurait dû être de prendre témoin. Enfermer Marie-Morgane le temps de se rendre au village, obtenir le soutien d'un quelconque volontaire, d'une personne suffisamment saine et ouverte d'esprit, qui aurait pu — étape primordiale — attester l'existence de la femme de la mer, corroborer le récit de sa rencontre. Dans un second temps, elle aurait dû s'attacher à recueillir des preuves, à conserver des traces tangibles, idéalement une photographie — que donnerait-elle pour une photographie ! —, ou bien des mesures, quelque chose qui puisse se présenter comme un savoir. Quelque chose qui soit plus que de l'air. Ce dont elle dispose à présent, ce sont de souvenirs élusifs et traîtres, d'écrits inintelligibles, de dessins dignes d'un enfant. Rien. Pire que rien : de la matière à douter.

Quelques minutes s'écoulent dans une pure détresse.

Le silence de la pièce la transperce tout à coup. Sans tic-tac de l'horloge, sans chant d'oiseau, sans cri du vent, l'atmosphère lui semble anormale, d'une inertie suspecte. Sylvette se retourne, sonde des yeux son salon inoccupé, se rue vers son lit clos dont elle fait coulisser les panneaux pour confirmer que Marie-Morgane ne s'y tient pas cachée, pivote sur elle-même à quelques reprises, constate sa complète solitude. Affolée, elle se précipite vers la sortie, s'élance dehors, déjà époumonée. Regarde autour d'elle.

Dans la lande, le vent ne souffle plus par secousses, mais se déverse continûment en puissant torrent de la mer vers la terre. Le paysage entier a une teinte impossible, une vibrance ocreuse. Sous ce ciel effrayant, la nature se recroqueville, anticipe la brutalité de la tempête qui s'abattra bientôt sur les côtes.

Sylvette arpente nerveusement le sentier, distingue finalement celle qu'elle craignait s'être volatilisée :

Marie-Morgane est assise face à la mer mouvementée, sur une pierre saillante dans la déclivité de la falaise, de sorte que seul l'arrière de sa tête est visible à distance. Sa tignasse rousse, battue par le vent, se fond dans le ciel orangeâtre.

La clarté décline à vue d'œil.

Non, se désespère Sylvette, ce ne peut pas être déjà le soir. Si peu d'heures, si peu d'heures restantes. Un sanglot lui monte à la gorge et s'y fait catégoriquement refouler. Elle fronce les sourcils et serre les poings, un semblant de contenance qui lui permet d'effectuer encore plusieurs pas vers la falaise, à contre-courant du vent. Mais elle s'arrête bientôt, tout à coup frappée par l'état des choses.

Oui, de toute évidence, après avoir trouvé une sirène échouée sur la grève, le premier geste conséquent aurait été de prendre témoin. De confronter les incrédules, de répandre la nouvelle du merveilleux. Mais n'a-t-elle pas fait scrupuleusement le contraire ? Dès qu'elle a découvert celle qui a curieusement choisi d'être nommée Marie-Morgane, dans une improbable référence au folklore breton, son instinct a été de la soustraire à tout regard inquisiteur, de s'enfermer avec elle dans la suffocante étroitesse de sa maison.

Et sa maison, aura-t-elle l'honnêteté d'y réfléchir en ce moment crucial ? Sa longère penaude sous son lourd toit d'ardoises, anomalie dans cette région de nature indomptée. Pourquoi une veuve vieillissante a-t-elle choisi de s'établir dans ce bout de lande reculé, que rien ni personne ne rejoint, ni l'électricité, encore moins le téléphone, aucune rumeur du reste du monde ? Pourquoi lui a-t-il paru si important, *indispensable*, de vivoter dans un parfait isolement, sur un morceau de terre en tout point inhospitalier, entêté dans son anachronisme ?

À l'abri des autres, du réel.

Sa situation lui apparaît avec une clarté dévastatrice. Sylvette se voit d'un œil extérieur. Se juge avec une lucidité rare. Délaissée par son mari et par son seul enfant, fourbue de soixante-dix ans, évitant le plus clair de son temps les contacts humains, elle vient de passer trois jours insensés, littéralement *incroyables*, dans une dépérissante privation de nourriture et de sommeil, à confondre le rêve et l'éveil, à discuter sans véritable interlocutrice qui daigne à tout le moins lui répondre, à coudre de fil blanc des morceaux de légendes, de mythes et de contes, à se pâmer sur ses fabulations. Oui, elle se voit sous ses plus cruels aspects : esseulée, décrépite, obsédée.

Dans le plus probable des cas, délirante.

Le vent augmente en violence, l'horizon s'assombrit. La menace de tempête qui plane depuis trop longtemps se concrétisera sous peu. Il n'y a plus d'atermoiement possible.

Et l'idée l'assomme sur place : Marie-Morgane n'existe pas. N'a pas été vomie par la mer, n'a jamais mis les pieds dans sa demeure, ne l'a pas inondée d'images archaïques, d'échos et de révélations. Non. Bien qu'elle voie, à quelques mètres devant, sa chevelure secouée par le souffle du large, Sylvette n'a plus le courage de croire en sa présence. Le vent menteur semble lui transmettre son odeur douceâtre et saumurée, mais ce sont ses narines qui s'illusionnent. La femme de la mer, celle qui l'a élue à ses quatre ans, qui l'a guettée de loin, qui lui a tout récemment accordé un vœu digne d'un conte de fées, n'existe pas. Marie-Morgane est son fantasme particulier. Elle est le monstrueux amalgame de ses connaissances au sujet des ondines, vouivres et naïades, le fruit de ses recherches ayant pris chair pour se retourner contre elle. Elle est l'idée morbide s'insurgeant contre le cerveau malade qui l'a engendrée.

Sylvette en est convaincue : si, à cet instant, elle appelle son nom, Marie-Morgane ne se retournera pas. Sous ses yeux enfin dessillés, elle verra sa chevelure reprendre peu à peu l'apparence d'un buisson de genêts dont les branches sont secouées par la tempête. Si elle s'avance et essaie de la toucher, la sirène se dissoudra. Sa main ne rencontrera rien, rien d'autre que la végétation roussie de la lande.

Mais avant même que la vieille femme n'ouvre la bouche pour mettre son hypothèse à l'épreuve, le miracle se produit : Marie-Morgane, comme si elle avait entendu ses pensées, se tourne vers elle, avec une expression bouleversante, un sourire qui sait. On dirait qu'une rafale l'assiste en la soulevant par les coudes et les hanches lorsqu'elle décide de se mettre debout. D'un air solennel, elle se place devant son hôtesse, sur la crête de la falaise. Visage épanoui, bras légèrement écartés du corps, posture de douce ouverture, de puissance contenue. Sylvette, stupéfiée, a l'impression de la voir pour la première fois. Elle réalise que jamais son cerveau n'aurait pu concevoir une créature pareille, admet qu'une divinité se tient là, face à elle.

À l'horizon, couvrant toute l'étendue de la mer, en coupole autour d'elles, englobant l'entièreté du cap, le ciel est un grand bouillon ambré qui roule ses nuages, se poudre d'embruns, s'apprête à se déchirer. La nature est enflée d'une tension qui s'accroît, s'accroît jusqu'à l'inconcevable, qui ne peut qu'aboutir sans tarder à un splendide paroxysme. Au cœur de ce tumulte, Marie-Morgane, posée, attentive, assiste à l'éclosion de la tempête comme s'il s'agissait d'un événement intime.

Son sourire rayonnant quitte ses lèvres, se condense dans ses yeux qui se mettent à étinceler. La géante fait un pas de reculons, puis un second, suivi d'un autre. Cependant, au lieu de descendre dans la falaise, d'une manière incompréhensible, elle s'en élève. Elle recule encore de plusieurs pas. Bientôt, Sylvette distingue nettement la plante de ses pieds se poser sur l'air, gravir ainsi l'espace jusqu'à un piédestal invisible où elle s'arrête, environ à une vingtaine de mètres de distance. Transfigurée, Marie-Morgane se tient dans le vide au-dessus de la mer, droite, les yeux brûlants, le visage irradiant un sentiment indéfinissable.

Dans un geste lent, elle lève ses deux mains, paumes ouvertes, qu'elle laisse admirer un moment, puis elle les applique sur son ventre, les fait remonter le long de son abdomen vers ses seins qu'elle soulève, ses mamelles dépourvues de lait, qu'elle présente en acte à la fois d'offrande et d'assertion. Et c'est dans cette position précise, de femme-pilier, de femme-arbre, que Sylvette la reconnaît. Aucun nom ne lui vient à l'esprit, mais l'image retentit dans son âme. Cette révélation suscite en elle une réaction limpide, sans dualisme : un besoin d'immolation. Alors, sous une irrésistible impulsion, elle se met à crier à travers le vent, bras grands ouverts, visage congestionné par le sang qui lui monte à la tête : « Demande-moi tout ! Je t'offre tout ! »

Au moment même où elle prononce ces mots, Sylvette croit percevoir le bruit d'un moteur de voiture pousser son dernier vrombissement avant d'être coupé. De la portière ouverte avec fracas, des pas éperdus sur les cailloux du sentier, elle n'entend rien, ces bruits se font étouffer par la tempête. Mais une partie d'elle, le noyau indélogeable de la maternité, ressent l'arrivée de son fils avant qu'il ne se présente à sa vue. Sylvette pâlit, cesse de respirer, se tourne juste à temps pour voir Merwen, qu'elle n'a pas eu le bonheur de contempler en personne depuis des années, surgir dans le clair-obscur brunâtre, accourir en trombe à la pointe de Feunteun Aod. Sous les yeux de sa mère, dans une frénésie que la pauvre n'a pas le loisir de comprendre, le fils se dévêt complètement, arrache d'une main impatiente sa chemise, se libère de son pantalon, lance ses chaussures loin de lui.

En quelques pas enfiévrés, trop rapides pour allouer à l'impuissante observatrice un temps de réaction, Merwen se rue vers la falaise.

Il court, nu, ravi, en direction de l'idole qui flotte au-dessus de la mer. Rendu au bout de la lande, là où le sol se dérobe, Merwen s'élance dans le vide. Mais ne tombe pas. Il continue sa course sur un plan ascendant, comme s'il enjambait des marches matérialisées dans l'air juste pour lui. Dès qu'il rejoint Marie-Morgane, sans hésiter une seconde, il s'enlace à elle. Dans un embrassement trop exalté pour être celui d'un simple amant, à la manière d'un enfant qui retrouve le giron d'amour pur. Merwen semble petit, il lui arrive sous l'épaule, son visage s'enfonce dans ses seins, ses jambes s'enroulent en lianes autour de ses hanches. Il se fond en elle, épouse son corps avec un naturel déconcertant, il s'efface, devient son vêtement vivant, sa parure humaine.

Marie-Morgane déclare : *Voici l'homme de ma race, qui descend de moi et remonte vers moi. Il porte ma chair en lui et, de ce fait, la connaît : il sait comment l'aborder, la toucher, lui plaire, en soutirer sa propre joie. Voici le seul homme qui sache m'aimer. Celui que toujours j'attends, qu'à jamais je possède : mon fils, non plus le tien.*

Ses lèvres restent closes, mais elle pense ces paroles, de manière éclatante, et dès lors, toute la lande les chante et le vent les répète. Sylvette elle-même, horrifiée, les psalmodie à l'unisson.

La femme de la mer lève ses genoux vers son ventre, ramène ses bras devant sa poitrine, se replie sur Merwen, enfermant sa tête contre son cœur, accueillant son corps entier au creux du sien. Un instant magnifique, tous deux forment un œuf de chair en suspension dans l'air. Symbiose. Sous l'étrange éclat du ciel, leur peau prend une teinte dorée. La rousseur de leurs chevelures se marie. Sylvette, qui n'a pas encore su faire le moindre mouvement, sent son cœur perforé.

Puis ils chutent, à une vitesse plus dramatique que celle de la gravité. Sylvette cligne des yeux et ils ne sont plus. Aussitôt, la vieille femme s'extirpe de la paralysie, accourt à la falaise, se penche autant que son équilibre précaire le lui permet pour vérifier en contrebas. Sa respiration s'affole, sa vision s'assombrit, le vent s'emplit de crachin et lui gifle la figure. De cette hauteur, ils n'ont pu que se fracasser sur les rochers. Sylvette plisse les yeux, mais ne voit que la mer agitée se brisant contre les écueils, giclant sa violence sur la grève.

Les vagues absorbent les couleurs du ciel, elles sont si sombres qu'on dirait du sang, partout, éclaboussant la côte.

Sylvette scrute la grève, longtemps. Marche de long en large sur la falaise, veut appeler leur nom, découvre qu'elle n'a plus de voix, s'incline, lève les yeux au ciel, s'incline de nouveau, cherche les deux corps. Aucune trace d'eux, que des rochers pointus, des algues déchiquetées, l'écume moussante et les eaux furieuses. Au bout d'un certain temps, épuisée par l'émotion, Sylvette s'effondre. Elle combat l'évanouissement. S'installe sur une pierre, face à la mer déchaînée. Le vent s'amplifie au point de l'obliger à fermer les yeux de longues secondes. Ses cheveux se détachent de sa tresse et s'affolent en serpents autour de sa tête.

Elle attend. Ne comprend plus.

La plupart de ses pensées avortent avant qu'elle ne parvienne à les clarifier. Elle reste ainsi, la tête vide, le corps catatonique, ignorant comment poursuivre son existence. Ses poumons continuent de respirer, son cœur de battre, mais tout le reste s'est arrêté. Une seule idée habite son esprit, l'obsède, persiste : celle que le pacte a été rompu, qu'une nuit entière encore lui était promise. Sylvette s'accroche à cette trahison, s'enfonce dans la sidération. Pour compenser en partie sa perte, elle décide de remédier à la promesse brisée en ne bougeant plus, en veillant là, sur la pointe, presque en leur compagnie, le plus près possible de l'endroit de leur disparition. Passer avec eux la dernière nuit.

La poussière d'eau forme des larmes qu'elle renie. Les premières gouttes mouillant son front lui font un baptême qu'elle abhorre.

Puis les nuages se crèvent, et la pluie s'abat en rideau opaque sur la mer, avance, implacable, frappe la lande. Sylvette reçoit la pluie sans broncher, résiste un moment à la furie, mais le vent se met à hurler, l'eau à la flageller, et le froid lui mord si bien la moelle qu'enfin, elle se ressaisit. Parvient à se relever, à réveiller ses articulations raides. Elle est toujours incapable de réfléchir. Dans la noirceur qui s'installe, la vieille femme retrouve de peine et de misère le sentier, y chemine en tâtonnant des pieds, les yeux à demi fermés, les mains couvrant son visage, durant un temps qui semble se distendre. Ses jupes s'alourdissent d'eau, ses cheveux fins et translucides comme du papier de soie se plaquent sur son crâne. Son expression crispée accentue les rides de son visage, qui profiteront de ce cheminement pour se creuser définitivement.

Quand enfin elle accoste sa maison, sa main glisse sur le loquet, puis l'empoigne solidement, ouvre la porte en laissant entrer avec elle une trombe d'eau. Sylvette se réfugie entre ses murs qui empestent le nectar marin.

Toute la nuit, la tempête fait rage, la pluie violente s'infiltre dans les combles et se fraie un chemin entre les volets qui ferment mal. Sylvette croit qu'elle ne trouvera jamais sommeil. Elle s'endort les yeux ouverts.

¶

Le lendemain, à l'aube, les côtes du Finistère et de nombreuses villes littorales se font envahir par une marée d'écume. Dans une montée euphorique, la mousse dense engorge les criques, déborde des digues, coule dans les champs, bave à travers les rues, moutonneuse, fétide. Elle s'épand en crème boursouflée jusqu'au pas des portes. Sous le mouvement des passants, se détache en flocons qui volettent à quelques mètres du sol. Abondante sécrétion de l'orgasme de la mer.

À son réveil, Sylvette trouve une poignée de cheveux sur son oreiller. Elle nettoie la taie, impassible. Le calme est le seul état qui subsiste quand tout est anéanti. Dans un mutisme complet, intérieur et extérieur, elle accomplit sa routine matinale, prend soin de se nourrir pour une première fois depuis trois jours, constate la sérénité du ciel à travers ses fenêtres. En automate, elle sort au petit matin, traverse la lande détrempée, la plupart des buissons ont été déflorés, les glorieuses couleurs d'août ont été ternies. Bien qu'elle craigne de se faire de nouveau happer par la stupeur ou de s'engager sans fin dans la recherche des corps disparus, elle rejoint la crête de la falaise.

Le spectacle qui se dévoile la surprend. En bas, le port-abri de Feunteun Aod est étouffé sous une épaisse couche d'écume jaunâtre. Elle demeure immobile, observe le lagon de cyprine mousseuse. La nausée la prend.

Spasme de la mer, jouissance inadmissible. Étreinte d'amour et de mort à la fois.

À cet instant précis, par instinct de survie, Sylvette Luzel entreprend la rédaction d'une lettre interminable, inutile, sans adresse de destination. Elle s'assoit sur l'herbe mouillée et se met à écrire, au mépris de sa pudeur, inlassablement. Pour mettre en mots ses regrets, ses questions, sa douleur, pour désembrouiller sa vie qui la confond. Toutefois, elle se résigne à la composer mentalement : ces derniers jours, elle a épuisé sa réserve de papier, usé chacun de ses crayons jusqu'au bout.

Elle écrit, ne comprend pas davantage.

## L'impossible dernière nuit

Au prélude de l'histoire telle qu'on se la raconte, il y avait une Déesse. Honnie et honorée, scandaleuse et magnifique, vivifiante et meurtrière. L'apothéose de l'ambivalence. La Déesse. Qui était Celle qui est. Incarnant la sonorité de son nom.

Le premier nom qui fut chanté, désormais oublié.

Quiconque la rencontrait, irrésistiblement, voulait rester auprès d'elle, se muer en peau autour d'elle, se glisser en elle : *être* elle. Le désir incomparable qu'elle suscitait poussait à s'abreuver d'elle tout en se laissant absorber : elle était allaitement, mais aussi avalement. Son culte, messe d'entredévorement. Elle appelait une fusion vertigineuse, toujours dangereuse. Et c'était sa beauté unique.

Elle se dressait, superbe comme une tour, généreux arbre de vie et de connaissance, offrant ses seins en fruits sacrés. Sa volupté et sa force ont effrayé les hommes. Ils l'ont prise en dégoût, ont effacé son image, perverti ses symboles, condamné ses rites. Ont brûlé ses idoles pour en déverser les cendres dans le torrent de Cédron. Ils l'ont pourchassée, acculée à la mer Rouge, ont maudit son ventre et son nom, lui ont affirmé : Tu ne seras plus mère, ni épouse, ni sœur. Ont cru la noyer.

Mais peut-on noyer la mer, assombrir la nuit, étouffer le silence ?

Elle était noirceur, mais elle était beauté. Vallée de l'ombre, creuset sacré, étoile d'un matin qui ne poindra jamais, ultime anfractuosité où l'âme désire s'enfoncer. Jardin de ténèbres embaumées, repli des tréfonds, alcôve abyssale où le soi disparaît, où le tabou s'annule, ventre nocturne, dernière des nuits.

♀

On la dit berceau de la vie, on la nomme la Mère, mais cette facette génitrice ne résume pas l'intégralité de sa nature. Pour chaque créature qu'elle fait émerger en ce monde, elle produit aussi un prédateur. En son ventre, elle équilibre le pullulement des naissances par la frénésie des dévorations. D'elle naît, en elle meurt, constamment. Inspire, expire. Foisonne, s'anéantit.

Née en 1978, **Marie-Jeanne Bérard** a étudié la littérature à l'Université de Montréal. Son premier roman, *Vous n'êtes probablement personne* (Leméac, 2016), a été finaliste au prix Ringuet de l'Académie des lettres du Québec. Son second roman, *Mars* (Tête première, 2020), nous invite dans un rite initiatique à travers l'animalité et la mort. Imprégnée de lenteur, son écriture témoigne de sa fascination pour la mythologie, la sensualité de la nature et les instants où la réalité vacille.

www.tetepremiere.com

COMPOSÉ EN **ALEGREYA** CORPS 12 (TEXTE)
AINSI QU'EN **CHARTER** CORPS 15 (TITRES),
SELON UNE MAQUETTE DE **FRANCESCO GUALDI**.

CET OUVRAGE A ÉTÉ ENTIÈREMENT PRODUIT AU QUÉBEC.

ACHEVÉ D'IMPRIMER EN AOÛT 2024
SUR LES PRESSES DE L'**IMPRIMERIE GAUVIN**